TABLE DES MATIÈRES

ISBN 2-215-064-50-1

Dépôt légal à la date de parution.
Conforme à la loi n° 49-956 du 16 juillet 1949
sur les publications destinées à la jeunesse.
Imprimé en Italie (07-04)

pourquoi L'imagerie comment

Pour répondre aux questions des enfants

LA NATURE

Conception :
Émilie Beaumont

Textes :
Emmanuelle Paroissien

Images :
Bernard Alunni - Marie-Christine Lemayeur
Yves Lequesne

EDITIONS FLEURUS

ÉDITIONS FLEURUS. 15-27, rue Moussorgski, 75018 PARIS

La Terre

- *La Terre est née il y a 4,6 milliards d'années. Elle est située à 150 millions de kilomètres du Soleil. Sa lumière met 8 minutes à nous parvenir. Comme Vénus, Mars et Mercure, c'est une planète ronde, lourde et dure. C'est aussi une planète vivante : sous nos pieds, de mystérieuses transformations continuent de se produire. La Terre ressemble à un œuf : la coquille dure et fine, c'est la croûte ; la partie visqueuse et épaisse, constituée de roches fondues, c'est le manteau, et au centre c'est le noyau.*
- *Le centre de la Terre est à 6 370 km du sol où nous marchons, et la température y atteint les 6 000 °C.*
- *La Terre pèse 6 000 milliards de milliards de tonnes.*

Pourquoi la Terre n'est-elle pas née tout de suite après le big bang ?

Parce qu'il faisait beaucoup trop chaud : 100 milliards de degrés ! À cette température, la matière solide ne peut pas exister. Le big bang a eu lieu il y a 15 milliards d'années. C'est seulement des centaines de milliers d'années plus tard, quand l'Univers a refroidi, que de petites particules ont commencé à s'agglutiner pour former les premières galaxies. La nôtre, la Voie lactée, est née il y a 5 milliards d'années.

Pourquoi la Terre n'est-elle pas plate ?

Avant, les gens croyaient que la Terre était plate comme une assiette. Puis les savants ont montré qu'elle avait une forme de boule, comme toutes les autres planètes. Si la Terre n'est pas plate ou carrée, c'est pour une raison simple : l'espace est comme une gigantesque toupie. Tout y tourne à une vitesse folle. Résultat : les particules qui flottent dans l'espace, au lieu de rester séparées, s'agglomèrent en boules.

La Terre est une des 9 planètes du système solaire. Elle fait le tour du Soleil en un an et un jour. Elle est surtout couverte d'océans. C'est pour ça que de loin elle est bleue.

Pourquoi la vie est-elle possible sur Terre et pas sur les autres planètes ?

Bien sûr, parce qu'il y a de l'air pour respirer, de l'eau et juste ce qu'il faut de chaleur : Vénus, qui est plus près du Soleil, est trop chaude et Mars, qui est plus loin, est trop froid. Mais surtout parce que la Terre est dense, ce qui veut dire qu'elle est plus lourde que l'air. Grâce à cela, la roche fondue a pu se durcir en surface pour devenir du sol. Sur Jupiter ou Saturne, il n'y a pas de sol : tout n'est qu'air et vents.

Pourquoi la Terre n'est-elle pas tout à fait ronde ?

Parce qu'elle tourne sur elle-même et qu'elle subit le frottement de l'air : ainsi, elle s'est un peu aplatie aux pôles et elle s'est élargie autour de l'équateur. En fait, la Terre ressemble à un ballon légèrement ovale.

Pourquoi la Terre est-elle faite... de terre ferme ?

Parce que le Soleil a soufflé dessus. Plus exactement, un vent très puissant venant du Soleil. Il a balayé toutes les matières légères qui formaient à l'origine les planètes les plus proches de lui : la Terre, Mercure, Vénus et Mars. Seuls n'ont pas été emportés les corps lourds, qui ont donné les roches et la terre. Les planètes plus lointaines, elles, sont restées très légères : Jupiter, malgré sa taille (1 388 fois plus gros que la Terre), pourrait flotter si on le posait sur l'océan.

INCROYABLE !

- La température sous terre augmente tous les kilomètres. Dans les mines de charbon, elle est de 50 °C ; 150 km plus bas, elle est de 1 200 °C.

La dérive des continents

- *On a cru longtemps que la Terre avait toujours eu le même aspect. Mais, en 1912, un savant a démontré qu'il y a 600 millions d'années, tous les continents de la planète étaient réunis en un seul : la Pangée. Puis ils se sont séparés et ne cessent depuis de dériver. Ils bougent encore aujourd'hui à la vitesse de quelques centimètres par an.*
- *L'océan Atlantique s'élargit de 2 cm par an.*
- *La Méditerranée rétrécit de 2 cm par an. Dans des millions d'années elle aura disparu.*

Pourquoi les continents se sont-ils séparés ?

Sous la croûte terrestre, les roches fondues du manteau sont comparables à une soupe qui mijote. À chaque bouillon, elles poussent sous la surface du sol de notre globe, qui a fini par se fissurer en grandes plaques. C'est ainsi que la Pangée s'est morcelée. Ces plaques, qui portent les continents et les océans, flottent librement au-dessus du manteau liquide. Elles glissent et dérivent comme des radeaux.

Comment bougent-ils ?

Pour faire dériver un radeau, il faut pousser dessus. Pour les continents, c'est la même chose. Au fond de l'océan, la lave bouillante formée par les roches fondues du manteau perce la croûte terrestre. Au contact de l'eau froide, la lave se solidifie et augmente, petit à petit, la largeur de l'océan. La plaque qui porte l'océan pousse donc la plaque qui porte le continent, et celui-ci s'éloigne.

Pourquoi ne voit-on pas de trous aux endroits où les plaques s'écartent ?

On ne peut pas les voir, ils sont situés au fond des mers, le long des fissures d'où jaillit la lave. Mais, en s'accumulant, la lave construit des montagnes, trouées à leur sommet de failles donnant sur les entrailles de la Terre. Parfois, ces chaînes de montagnes, qu'on appelle les « dorsales océaniques », émergent à la surface de la mer et forment des îles : l'Islande en est une.

La chaîne de l'Himalaya est née lorsque l'Inde, qui dérivait, est venue s'encastrer brutalement dans la plaque asiatique.

Pourquoi la Californie va-t-elle devenir une île ?

Deux plaques se rencontrent en Californie : celle du Pacifique et celle de l'Amérique. L'une essaie d'aller vers le nord, l'autre vers le sud, mais aucune des deux ne veut donner la priorité à l'autre. Elles frottent et dérapent l'une contre l'autre comme des autos tamponneuses.
La terre entre les deux a commencé par se cisailler, puis elle s'est creusée en une énorme faille dont les bords s'écartent l'un de l'autre au rythme de 9 cm par an.

Comment cela se passe-t-il quand deux plaques se rencontrent ?

C'est la bagarre. Les deux plaques s'arc-boutent et essaient de monter l'une sur l'autre. Souvent, c'est la plaque qui porte l'océan, plus molle, qui cède et plonge en dessous. Mais quand les deux plaques portent des continents, elles résistent et se dressent l'une contre l'autre. Résultat, des montagnes surgissent.
La chaîne de l'Himalaya est née du choc de l'Inde et de l'Asie. Les sommets les plus hauts de la planète se sont formés à cette époque.

INCROYABLE !

- Les dorsales océaniques du globe courent sur 64 000 km et produisent chaque année plus de lave que tous les volcans terrestres.

Les volcans

- *Les milliers de volcans de la planète ne sont pas répartis au hasard. La plupart, situés le long de la ceinture de feu qui borde l'océan Pacifique, naissent de la rencontre de la plaque océanique avec l'Amérique et l'Asie. Ceux qu'on trouve en Méditerranée sont créés par l'avancée de l'Afrique vers l'Europe.*

- *La température de la lave à la sortie d'un volcan est de 1 000 °C.*
- *Il se produit 40 éruptions par an dans le monde pour 500 volcans en activité.*
- *Le plus haut volcan du monde est le Nevados Ojos, au Chili (6 885 m).*

Comment naît un volcan ?

Un volcan, c'est la Terre qui a une indigestion et qui vomit. Tu sais déjà que, sous la terre ferme, sur laquelle tu marches, il y a de la roche fondue en ébullition : c'est la lave. De temps en temps, à cause de la dérive des continents et des plaques qui se poussent les unes les autres, un morceau de terre ferme est enfoncé dans la roche bouillante. Forcément, il fond ! Du coup, la quantité de lave augmente et augmente, jusqu'à ce que la Terre ne puisse plus la contenir. La lave remonte alors vers la surface en cassant tout sur son passage : c'est l'éruption.

Pourquoi les volcans sont-ils souvent groupés en archipels ?

Parce qu'ils bougent ! Eh oui, les volcans sont assis sur les plaques des continents et ils dérivent avec elles, un peu comme s'ils étaient portés par des tapis roulants ! Mais la lave, elle, sort toujours au même endroit. À chaque nouvelle éruption, un autre volcan se crée donc à côté de l'ancien, qui ne sert plus à rien et qui finit par mourir. Le Mauna Loa, le volcan le plus récent de l'archipel d'Hawaii, s'élève à 9 000 m du fond de l'océan : c'est le plus haut relief de la planète.

Pourquoi les lacs de cratère sont-ils dangereux ?

Au fond de ces lacs, où l'eau est froide et lourde, s'accumulent des gaz toxiques, bloqués par l'eau chaude de la surface. Au moindre séisme, ces gaz invisibles s'échappent et tuent toute vie alentour.

Certains volcans laissent échapper de la lave, d'autres libèrent de la poussière qui masque le Soleil.

Pourquoi se méfier d'un volcan qui dort ?

Les volcans qui fument ne sont pas les plus dangereux. Il suffit de ne pas se mettre sur le chemin de la lave, qui, quand elle durcit, est très fertile pour les cultures. Mais un volcan qui fait le mort explose d'un seul coup, sans prévenir.

Sa lave, pour sortir, fait éclater la roche, qui bouchait le volcan, et se précipite dans le ciel en nuée ardente, dévale les pentes à 600 km/h et brûle tout sur son passage.

Comment se forment les coulées de boue ?

En 79, le Vésuve a englouti Pompéi sous une coulée de boue. La boue se forme quand la cendre du volcan se mélange à de l'eau. C'est pour cela qu'une éruption sous la pluie est très dangereuse. Ou encore quand le volcan, très haut, est couvert de neiges éternelles qui fondent lorsqu'il explose.

INCROYABLE !

- Le plus grand volcan du système solaire est situé sur Mars : il s'agit de l'Olympus Mons, haut de 26 400 m (3 fois l'Everest).

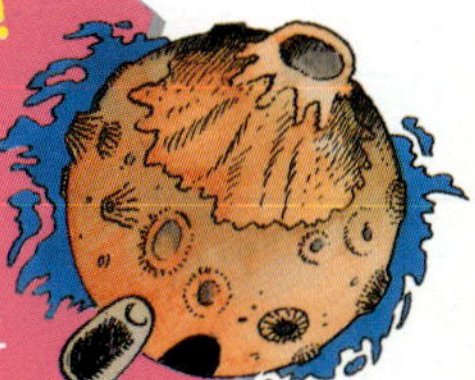

Les tremblements de terre

- *Toujours associés aux volcans, les séismes sont provoqués par la rencontre et le frottement des plaques terrestres. Mais, tandis que les volcans ont fait, durant les quatre derniers siècles, 260 000 victimes, les séismes, eux, en ont fait 2,5 millions. C'est une des plus redoutables catastrophes naturelles de notre planète.*

- *On calcule l'amplitude d'un séisme grâce à l'échelle de Richter qui va de 1 à 8,9.*
- *8,9 : correspond au plus fort séisme qu'ait connu la Terre. C'était à Lisbonne, en 1755.*
- *4 : c'est le seuil à partir duquel on perçoit un séisme.*

Comment se déclenche un séisme ?

Quand deux plaques se rencontrent sous terre, elles commencent par se pousser doucement l'une l'autre. Rien de bien méchant. Puis la tension monte et, soudain, ça casse : une des plaques et ses milliards de tonnes de pierres se déplacent d'un seul coup vers le haut ou vers le bas, pour prendre une position plus confortable. La fracture créée se répercute en vibrations jusqu'à la surface du sol et tout tremble.

Pourquoi est-ce inquiétant quand il n'y a pas de secousses du tout ?

Dans les zones à risque, en Méditerranée ou le long du Pacifique, où des plaques terrestres sont en conflit, il se produit tous les jours de petits séismes (4 par jour en Grèce !). Quand la terre ne bouge plus, cela veut dire que deux plaques sont en train de s'arc-bouter en dessous, sans céder un pouce de terrain. Un énorme séisme se prépare !

Comment se produisent les glissements de terrain ?

En Asie, le climat chaud et les pluies quotidiennes ramollissent la terre et font pourrir les rochers. Quand un séisme se produit, des pans entiers de montagnes se décrochent et tombent sur les maisons. Parfois aussi, le fond des lacs s'affaisse et les villages qui sont sur les pentes alentour sont engloutis.

Quelques secondes de secousses suffisent pour que de très solides édifices s'effondrent comme des châteaux de cartes.

Pourquoi un séisme fait-il du bruit ?

Un tremblement de terre fait le bruit d'un train rapide passant dans un tunnel. Ce n'est pas le bruit des immeubles qui s'effondrent mais celui des ondes, qui

remontent vers le sol à toute vitesse (6,5 km par seconde). Elles traversent tout : la terre, l'eau, la lave, mais aussi... l'air. C'est le tremblement de l'air qui émet ce terrible grondement.

Pourquoi existe-t-il de petits et de gros séismes ?

Souvent, les plaques trouvent un terrain d'entente. Elles bougent de quelques centimètres par-ci par-là. Ça donne de minuscules fractures tout près de la surface du sol. Les vibrations remontent tout de suite en ligne droite : la terre ne tremble pas beaucoup.

Mais quand les plaques n'arrivent pas à s'entendre, c'est la guerre. La fracture a lieu alors beaucoup plus profondément, jusqu'à 700 km sous terre. Les vibrations, en remontant, rencontrent des obstacles et partent dans tous les sens : la terre bouge comme une folle.

INCROYABLE !

- 300 000 séismes secouent la Terre chaque année (dont 50 000 rien que pour le Japon). Seuls 1 % de ces séismes sont perceptibles par l'homme.

Le ciel

- *Ce qu'on nomme « le ciel » est une fine couche de gaz invisible qui entoure et protège notre planète : l'atmosphère. Sans elle, la température sur la Terre serait de 85 °C le jour et de – 140 °C la nuit. L'air du ciel est un mélange d'oxygène (21 %), d'azote (78 %), de gaz carbonique, d'eau et d'une foule de poussières minuscules.*

- *L'atmosphère s'est créée il y a 580 millions d'années.*
- *Elle s'élève à 700 km au-dessus de la Terre.*
- *L'air contient en suspension 50 millions de poussières par mètre cube.*

Comment est apparue l'atmosphère ?

Grâce aux volcans : leurs éruptions ont projeté dans l'espace des gaz et des poussières qui se sont mis à tourbillonner, ont rencontré la foudre des orages, les tempêtes, et, grâce à l'énergie du Soleil, se sont transformés en air qu'on respire. Magique !

Pourquoi le ciel est-il bleu ?

Les couleurs sont des ondes de lumière. Quand le Soleil brille haut dans le ciel, ses rayons viennent frapper directement les poussières qui flottent dans l'air : l'onde propagée par le Soleil est alors courte, cela donne la couleur bleue. Mais quand, le soir, le Soleil est bas sur l'horizon, l'onde de ses rayons doit parcourir plus de

distance pour frapper les poussières de l'air : cela donne la couleur rouge. C'est pourquoi le ciel flamboie au coucher du Soleil.

Pourquoi, sans atmosphère, la Terre serait-elle un désert ?

La température du Soleil s'élève à 15 ou 20 millions de degrés. La Terre ne reçoit

qu'une toute petite portion de cette chaleur, mais celle-ci suffirait à y détruire toute vie si l'atmosphère ne servait pas de bouclier.
L'air ne laisse pas passer tous les rayons du Soleil : grâce à ses poussières et à ses nuages, il en reflète une grande partie et les renvoie vers l'Univers avant qu'ils aient touché le sol.

À la fin de certaines journées, le ciel s'embrase comme si le Soleil mettait le feu à l'Univers.

Pourquoi l'air ne se dissipe-t-il pas dans l'Univers ?

L'air est fait de gaz : rien ne devrait l'empêcher de monter, sans arrêt, jusqu'à se perdre dans l'Univers. Qu'est-ce qui le retient autour de la Terre ? Réponse : la gravité. C'est une des grandes lois de la nature. La gravité veut que tous les corps s'attirent. La Terre attire l'air, mais aussi la Lune, qui tourne autour d'elle. Le Soleil, lui, attire la Terre et toutes les autres planètes. Sans la gravité, les planètes vagabonderaient dans l'Univers et aucune vie ne serait possible nulle part.

Pourquoi, sans atmosphère, la Terre serait-elle si froide la nuit ?

La Terre se réchauffe très vite, mais elle se refroidit aussi vite. Toute la chaleur qu'elle emmagasine le jour s'échappe dans l'air dès le

coucher du Soleil. Heureusement, les petites gouttes d'eau en suspension dans l'air absorbent cette chaleur et la renvoient à nouveau vers la Terre. C'est pourquoi, quand il pleut, les nuits sont si douces et, dans le désert, où l'air est sec, on grelotte la nuit.

INCROYABLE !

- L'atmosphère pèse 5 millions de milliards de tonnes. Elle presse sur la Terre, c'est ce qu'on appelle la « pression atmosphérique ». Chaque mètre carré de sol subit une pression de 1 tonne d'air.

Les saisons et les jours

- *La Terre n'est pas immobile. Elle tourne autour du Soleil en 365 jours, 5 heures, 48 minutes et 46 secondes, un an au total, et règle ainsi le passage des saisons. Elle tourne sur elle-même en 23 heures, 56 minutes et 4 secondes, ce qui explique l'alternance du jour et de la nuit.*

- *La Terre tourne autour du Soleil à la vitesse de 108 000 km/h. En une seconde, elle a déjà parcouru 29,8 km.*

- *Elle tourne sur elle-même à la vitesse de 1 670 km/h à l'équateur.*

Pourquoi, quand c'est l'hiver chez nous, est-ce l'été à l'autre bout du monde ?

C'est parce que la Terre ne se tient pas toute droite, au garde-à-vous face au Soleil. Elle est un peu penchée et, en plus, elle bascule. Un coup, elle lui présente son côté sud, un coup son côté nord. Le 21 décembre, le Soleil se trouve juste en face du tropique du Capricorne, au sud : là-bas, c'est le début de l'été. Au nord, on a droit à moins de soleil, il fait froid et il neige. Le 21 juin, c'est l'inverse : le Soleil est juste au-dessus du tropique du Cancer, au nord. Haut dans le ciel, il nous apporte les beaux jours.

Pourquoi les jours rallongent-ils et diminuent-ils ?

La durée du jour dépend aussi de la position du Soleil. En hiver, le Soleil reste toujours bas dans le ciel. La Terre, en tournant sur elle-même, a vite fait de le faire disparaître derrière l'horizon : les jours sont courts. En été, au contraire, le soleil brille haut au-dessus de nos têtes. Ses rayons continuent de nous éclairer tard le soir et nous atteignent tôt le matin.

Pourquoi l'été dans le Sud est il toujours plus chaud que l'été dans le Nord ?

On croit souvent que la Terre tourne en rond autour du Soleil : c'est faux ! Elle décrit un ovale, et le Soleil n'est pas au centre de cet ovale, il est

Les différentes saisons des régions tempérées modifient les paysages à longueur d'année.

un peu décalé sur le côté. Du coup, la distance entre la Terre et le Soleil varie durant l'année. Le 2 janvier est le jour où le Soleil est le plus près de la Terre : c'est l'été, dans l'hémisphère sud, il y fait très chaud. Le 5 juillet, quand la Terre est le plus éloignée du Soleil, c'est l'été dans l'hémisphère nord, alors forcément, il fait moins chaud.

Pourquoi n'y a-t-il a pas d'hiver à l'équateur ?

L'équateur est cette ligne qui court le long du globe, à égale distance du pôle Nord et du pôle Sud. Il reçoit donc la même dose de Soleil toute l'année et ne connaît pas les saisons. Les nuits y sont aussi longues que les jours.

Pourquoi les jours et les nuits sont-ils si longs aux pôles ?

Les pôles connaissent, dans l'année, 6 mois de nuit puis 6 mois de jour. C'est à cause du balancement de la Terre. L'été, le pôle Nord est basculé vers le Soleil qui l'éclaire en permanence ; il ne peut pas faire nuit. L'hiver, c'est le pôle Sud qui est tourné vers le Soleil : pas un rayon ne frappe le pôle Nord.

INCROYABLE !

- Il y a 400 millions d'années, les jours ne duraient que 22 h (24 h à présent). Ils rallongent parce que la Terre tourne un peu moins vite sur elle-même.

Le vent

- *Si le vent n'existait pas, il ferait encore plus chaud sous les tropiques, encore plus froid aux pôles, il pleuvrait sans arrêt sur les mers et les terres seraient sèches comme des déserts. Le vent distribue la chaleur sur la Terre, crée et balaie les nuages, fait et défait le temps. Il est la respiration de l'atmosphère.*

- *Le vent, en moyenne, souffle à 30 km/h.*

- *La tempête commence quand il dépasse les 50 km/h.*

- *Une rafale se déplace de 24 m en 1 seconde.*

Comment naît le vent ?

Le vent, c'est un peu une histoire d'amour. Sur la Terre, il y a de l'air chaud, léger, à l'équateur, et de l'air froid, lourd et compressé, aux pôles. L'air chaud est attiré par l'air froid, et vice-versa. Alors, ils se déplacent pour aller se retrouver. La plupart des vents de notre planète trouvent leur origine à l'équateur, là où le soleil tape sans discontinuer et où il fait le plus chaud. Au départ, ce sont de petits vents légers et tièdes, très agréables : les alizés.

Pourquoi les alizés ne soufflent-ils pas sur la Terre entière ?

Parce que la Terre tourne et dévie les vents. Au lieu de souffler droit vers les pôles, ils se courbent vers l'est et prennent peu à peu de la vitesse : c'est l'effet toupie. Ils se transforment en longs tubes où l'air est froid et se déplace à toute vitesse : les jet-streams (« courants pour les avions » en anglais). On les nomme ainsi car les avions (jets) se laissent porter par eux pour aller plus vite et économiser le carburant.

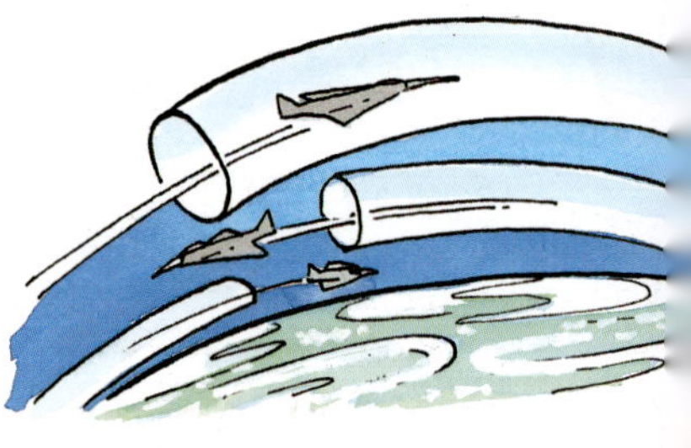

Les voiliers sont des bateaux qui utilisent la force du vent pour avancer.

Pourquoi y a-t-il toujours du vent l'été au bord de la mer ?

Pendant la journée, l'air frais de la mer souffle vers la terre chauffée par le soleil. C'est ce vent qui pousse les planches à voile vers la plage. Dès que la nuit tombe, la brise s'inverse : l'air refroidi de la terre souffle vers la mer encore tiède. Les bateaux des pêcheurs partent alors vers le large. Ils reviendront le lendemain matin, quand

le vent tournera à nouveau. La même chose se produit en montagne entre l'air chaud de la vallée et l'air froid du sommet : cela permet aux deltaplanes de voler.

Pourquoi les montagnes arrêtent-elles le vent ?

Faux ! Le vent ne disparaît pas parce qu'il rencontre un obstacle. Au contraire, il accélère. Il se met à escalader la montagne, et là, tour de magie : alors qu'il était froid et humide, il se débarrasse de toute sa pluie et sa neige en montant la pente et, arrivé au sommet, c'est un vent sec qui se réchauffe en redescendant de l'autre côté et devient très agréable. Ce phénomène s'appelle « l'effet de fœhn ». C'est grâce à lui que l'on fait du ski au nord des Alpes et qu'on bronze, au sud, sur les versants méditerranéens.

Comment naissent les tempêtes ?

Des courants d'air rapides et froids foncent sans regarder devant eux et se cognent parfois contre une grosse masse d'air chaud qui voyage tranquillement. Cet air froid, en tube, rebondit et se roule en boule comme un hérisson : le vent se met à tourner en rond, c'est la tempête.

INCROYABLE !

- 500 km/h : c'est la vitesse atteinte par les jet-streams. Heureusement, ils soufflent entre 7 et 13 km au-dessus de nos têtes. Ils peuvent avoir 1 000 km de large et seulement 7 km d'épaisseur.

Les climats

- *La Terre connaît une mosaïque de climats très divers. Dans certains pays, le temps n'arrête pas de changer ; dans d'autres, il ne varie jamais. Le climat dépend de la quantité de chaleur reçue, des vents, du relief, de la proximité de la mer, de l'abondance des forêts : tant de choses à la fois !*
- *– 50 °C l'hiver, 0 °C l'été, c'est le climat polaire. 50 °C l'été, 30 °C l'hiver, c'est le climat aride. 28 °C été comme hiver, c'est le climat équatorial.*

- *Aux pôles, le ciel est toujours bleu car l'air glacé bloque la route aux vents chargés de nuages.*

Pourquoi ne pleut-il pas sur le Sahara ?

L'air qui souffle de l'équateur est chaud et humide. En voyageant vers les pôles, il se débarrasse de toute sa pluie : c'est l'origine du climat tropical et de la jungle. Quand il arrive au-dessus du Sahara, il est tout sec et refroidi. Il descend alors vers la terre et empêche la formation des nuages. Toutes les régions du monde qui, comme le Sahara, sont situées juste au-dessus des tropiques, sont des déserts. Ainsi, la Vallée de la Mort aux États-Unis, le désert de Gobi en Mongolie.

Pourquoi a-t-on surnommé l'équateur le « pot au noir » ?

Parce que, vu du ciel, l'équateur est toujours couvert d'une ceinture

d'épais nuages noirs. L'eau de la mer, chauffée par le soleil, s'évapore, l'air chaud et humide monte, les nuages se forment... Et tous les jours, en fin d'après-midi, il pleut à grosses gouttes. L'humidité ne descend jamais en dessous de 70 % : l'atmosphère, comme dans une serre chaude, est assez pénible à supporter.

Dans le désert, il y a de gros écarts de température entre le jour et la nuit (jusqu'à 50 °C), et parfois la nuit il gèle.

Pourquoi le temps est-il si instable dans certaines régions ?

L'Europe et le nord de l'Amérique se trouvent juste entre le pôle Nord et les tropiques. C'est là que l'air chaud venu de la jungle et des déserts se heurte à l'air froid qui souffle de la banquise. Leur rencontre engendre des pluies violentes. Puis l'air chaud, toujours plus léger, arrive à se faufiler au-dessus de l'air froid. Le ciel s'éclaircit, le soleil revient, l'air est plus vif. Après la pluie, le beau temps...

Comment se fabriquent le beau temps et le mauvais temps ?

Pour comprendre le temps qu'il fait, il suffit de savoir une chose : l'air froid est lourd et descend vers la terre ; l'air chaud est léger et monte vers le ciel. Quand l'air froid descend, il écrase tout devant lui et chasse les nuages : le ciel est bleu, le soleil brille. Quand l'air chaud monte, il devient de plus en plus humide : les nuages apparaissent, la pluie tombe.

Comment s'explique la mousson ?

Tous les ans, de juin à septembre, des pluies torrentielles s'abattent sur l'Inde et l'Asie du Sud-Est.

Toute cette eau a pour origine un simple petit vent : une brise humide et fraîche, venue de la mer, attirée par l'air chaud qui stagne sur les terres à cette époque de l'année. En pénétrant à l'intérieur de l'Inde, ce vent marin rencontre l'Himalaya. En s'élevant pour le franchir, il se refroidit et se transforme en gigantesques nuages de pluie. C'est le début de la mousson.

INCROYABLE !

- La vallée du Brahmapoutre, en Inde, reçoit chaque été plus de 10 600 mm de pluie. C'est comme si elle se remplissait d'eau à 10,6 m au-dessus du sol.
- Le record de froid : - 89,2 °C à Vostok, dans l'Antarctique.

Les nuages

Du cumulus tout rond aux mèches folles des cirrus, il existe des centaines de nuages différents. Leur forme et la façon dont ils se déplacent ne sont pas dues au hasard : elles nous renseignent sur les mouvements de l'air haut dans le ciel et nous aident à prévoir le temps.

- *Le cirrus s'élève à 14 km dans le ciel et se déplace à 160 km/h.*
- *Une gouttelette d'eau de nuage mesure entre 0,002 et 0,003 mm.*
- *Un petit nuage peut contenir jusqu'à 1 000 tonnes de vapeur d'eau.*
- *Le brouillard est un nuage au ras du sol. Il naît la nuit.*

Pourquoi les cumulo-nimbus ont-ils des formes si étranges ?

En latin, « cumulus » veut dire amoncellement. Et « nimbus » signifie pluie. Le cumulo-nimbus est un énorme nuage de pluie, qui plane à 1 km au-dessus de notre tête, mais qui s'élève en gros bouillonnements jusqu'à 16 km dans le ciel. Il se forme lorsque la masse d'air froid annoncée par les petits cirrus appuie contre la masse d'air chaud et provoque des tourbillons d'air. Le cumulo-nimbus donne de grosses averses, suivies de belles éclaircies.

Pourquoi faut-il se méfier des cirrus ?

Les cirrus sont ces petites mèches délicates qui planent très haut dans le ciel bleu les jours d'été. Ils sont si transparents, si légers qu'on les remarque à peine. Et pourtant, quelques heures après leur passage, le ciel se couvre et l'orage menace... Les cirrus apparaissent lorsque de l'air chaud est poussé vers le haut par de brefs petits coups de vent, signes avant-coureurs de l'arrivée de l'air froid.

Ciel chargé de cumulo-nimbus.

Pourquoi les nuages se fixent-ils au sommet des montagnes ?

Ils ne s'y fixent pas, bien au contraire ! Au sommet des montagnes, souffle un courant d'air venu de la vallée. Au moment où il passe la cime, l'air est si froid qu'il se condense et forme le nuage.

Dès qu'il redescend, il se réchauffe : le nuage s'évapore. Mais, au sommet, l'air continue de souffler et d'autres nuages de se former. On croit que c'est toujours le même nuage ; mais ils sont des milliers à se succéder à toute vitesse.

Comment se forment les nuages ?

Quand il fait chaud, l'eau des rivières et des océans s'évapore et monte dans l'air sous forme de vapeur. Celle-ci est si légère qu'elle force l'air à s'élever. Haut dans le ciel, l'air chaud rencontre de l'air froid et, à son contact, la vapeur, refroidie, retourne à l'état liquide. Elle se condense en milliards de minuscules gouttelettes suspendues dans les airs : les nuages.

Pourquoi les stratus ne sont-ils pas aimés ?

Les stratus sont plats comme des galettes. Ils se forment quand l'air froid, au lieu de se bagarrer avec l'air chaud, glisse doucement en dessous, sans faire d'histoires. Il n'y a pas d'orage, pas de tempête... mais un ciel couvert et du crachin pendant des heures ou des jours. Que c'est morose !

INCROYABLE !

- 20 milliards de litres d'eau par heure s'évaporent du golfe du Mexique, dans les Caraïbes, les après-midi d'été. C'est autant qui se déversera, quelques jours plus tard, sous forme de pluie, aux États-Unis.

Les intempéries

- *Pluie, neige, grêle, crachin : le ciel et les nuages nous réservent souvent de drôles de surprises. Le mécanisme qui régit les intempéries est beaucoup plus complexe qu'on ne le croit et les savants viennent juste de percer le mystère.*
- *Une goutte de pluie mesure entre 1 et 5 mm.*
- *Un grêlon mesure, lui, entre 5 et 50 mm. Des grêlons de 1 kg sont tombés en 1986 sur le Bangladesh, et ont tué 92 personnes !*
- *Quand il tombe du crachin, il s'agit directement des gouttelettes du nuage. Les gouttes sont toutes fines, parfois très serrées, parfois très espacées, et donnent l'impression qu'il ne pleut pas.*

Comment la pluie se forme-t-elle dans les nuages ?

Grâce à la poussière et aux milliards d'infimes particules qui flottent dans le ciel : terre, sable, cendres, sel... Car, pour pouvoir se condenser en gouttelettes, la vapeur d'eau présente dans l'air doit pouvoir se fixer quelque part. Sans poussière, pas de pluie ! D'ailleurs, il pleut beaucoup plus sur les villes, qui produisent beaucoup plus de poussières, que la campagne !

Comment tombe la pluie ?

Les gouttes du nuage sont si légères qu'elles flottent en l'air. Toutes seules, elles ne tomberaient jamais. Mais, dans le nuage, il y a aussi des cristaux de glace qui roulent comme des boules de neige. Ils attirent les gouttelettes, les avalent, grossissent encore et encore, puis éclatent en petits cristaux qui grossissent à leur tour. Serrés les uns contre les autres comme des sardines, ils finissent par tomber parce que le nuage ne peut en contenir davantage. Comme l'air est chaud près de la terre, ils fondent. Flic ! floc ! c'est la pluie.

Pourquoi la grêle tombe-t-elle même en été ?

La grêle se forme dans les cumulo-nimbus, ces nuages d'orage qui montent très haut dans le ciel. Des cristaux de glace, poussés par de forts coups de vent, s'élèvent peu à peu au sommet du nuage et deviennent de plus en plus gros, car ils absorbent tout au long de leur trajet des gouttes d'eau. Arrivés à une certaine hauteur, ils sont si lourds qu'ils sont précipités au sol comme des boulets sans avoir le temps de fondre.

Pourquoi la rosée apparaît-elle la nuit ?

La rosée, qu'on appelle « pluie de nuit », apparaît les nuits sans vent et sans nuages, quand la température est basse. Au contact des végétaux ou des surfaces froides, la vapeur contenue dans l'air qui, lui, est encore tiède se transforme en gouttelettes et se dépose. La buée qui apparaît sur un verre d'eau glacée les jours chauds d'été se forme de la même façon.

Comment se fabrique la neige ?

C'est simple : la neige, c'est de la pluie qui n'a pas fondu parce qu'elle est tombée trop vite (c'est pourquoi il neige parfois au printemps !) ou parce qu'il fait froid.
Il y a deux sortes de neige. La poudreuse sur laquelle on skie : bien sèche, elle est juste formée des cristaux de glace du nuage. Et la neige moelleuse : les cristaux, en tombant, se sont agglomérés en flocons tout mous et pleins d'air.

INCROYABLE !

- L'endroit du monde où il pleut le plus est Tutunendo, en Colombie : il y tombe 11,77 m d'eau par an. L'endroit du monde où il pleut le plus souvent est l'île de Kauai, dans l'archipel d'Hawaii : il y pleut 350 jours par an.

Les orages

- *Les orages naissent les soirs d'été, quand l'air, chauffé par le Soleil toute la journée, se retrouve bloqué près du sol par de l'air froid qui plane en altitude. L'air chaud cherche à monter, l'air froid à descendre : c'est la bagarre. Et quelle bagarre ! L'orage est le phénomène électrique le plus puissant de la nature.*

- *La décharge d'un éclair s'élève à 100 millions de volts.*
- *L'air chauffé par l'éclair atteint 30 000 °C.*
- *L'éclair se déplace à 100 000 km/s.*

Comment naissent les éclairs ?

Dans les nuages tout noirs soufflent des vents à une vitesse prodigieuse qui créent de l'électricité. Celle-ci s'accumule dans le bas du nuage et cherche à descendre sur la Terre. Sur Terre aussi, il y a de l'électricité et elle est attirée par celle du nuage. Le nuage et la Terre envoient des

décharges l'un vers l'autre. Quand deux décharges se rencontrent, c'est le coup de foudre ! Les particules de l'air sont alors tellement excitées qu'elles émettent de la lumière.

Pourquoi les éclairs sont-ils tout tordus ?

L'air ne conduit pas bien l'électricité, il résiste. Avant d'établir le contact, la Terre et

le nuage ont donc dû envoyer plein de petites décharges successives qui se sont perdues en cours de route. C'est pour ça qu'un éclair n'est jamais droit : il est tout en zigzags, car il cherche le chemin où l'air lui résiste le moins.

Comment éclate le tonnerre ?

L'air chauffé par la foudre se dilate d'un seul coup et pousse sur l'air plus froid, qui n'a pas été en contact avec l'éclair. Cet air froid se trouve compressé puis pousse à son tour sur l'air qui l'entoure,

et ainsi de suite. La chaleur se propage dans l'air en le pliant et en le dépliant comme un accordéon. Sous l'onde de choc, l'air « craque » : c'est le tonnerre.

pourquoi le tonnerre roule-t-il ?

L'éclair met environ 1 seconde à se déplacer entre le sol et le nuage.

Tout l'air autour de l'éclair n'est donc pas chauffé en même temps. C'est d'abord l'air situé tout près du sol qui produit la première onde, puis l'air qui est juste au-dessus envoie la deuxième, et enfin l'air sous le nuage... Toutes ces ondes qui s'ajoutent les unes aux autres donnent l'impression que le tonnerre roule.

pourquoi la foudre touche-t-elle souvent les arbres ?

L'électricité de la Terre, en cherchant à s'élever jusqu'au nuage, commence par grimper sur tout ce qui dépasse du sol. En ville, ce sont les immeubles. Mais à la campagne, ce sont les arbres. L'électricité est très bien conduite par l'eau. Quand la foudre s'abat sur l'arbre, elle passe dans la sève, la fait bouillir et fait exploser l'écorce. Les arbres foudroyés ont le tronc fendu jusqu'aux racines.

comment se forment les éclairs de chaleur ?

Ces éclairs silencieux qui zèbrent le ciel lors des nuits chaudes ne tombent pas sur la terre : ils ne font que circuler à l'intérieur d'un même nuage chargé d'électricité.

INCROYABLE !

- La nature engendre 1 800 orages et 6 000 éclairs par minute dans le monde. Un simple orage délivre une énergie équivalant à une douzaine de bombes atomiques du type de celle d'Hiroshima.

Les ouragans

- *On les appelle « typhons » en Chine (de « tai fung », le vent qui frappe) ou « cyclones » aux tropiques. Avec leurs formidables vents qui soufflent dans le sens contraire des aiguilles d'une montre et leurs pluies diluviennes, ce ne sont pas de simples tempêtes.*
- *Un ouragan mesure 600 km de diamètre en moyenne.*

- *La vitesse de ses vents est d'environ 180 km/h.*
- *L'œil du cyclone mesure, lui, 40 km de diamètre. C'est la partie centrale du cyclone, où il n'y a pas de vent.*

Comment naissent les ouragans ?

Pour fabriquer un ouragan, il faut deux ingrédients : de la chaleur et de l'eau. L'eau de la mer, quand elle dépasse 27 °C, s'évapore naturellement. Elle charge l'air de chaleur et d'humidité. Celui-ci s'élève alors très vite dans le ciel et la vapeur qu'il contient, soudainement refroidie, se condense en gigantesques nuages.
Or il faut savoir que la vapeur d'eau, quand elle se condense, dégage elle aussi de la chaleur. Donc, plus il y a de nuages, plus il fait chaud, plus la mer s'évapore et plus il y a de nuages...
L'ouragan est comme une pompe qui aspire la vapeur d'eau de mer de plus en plus vite.

Comment un ouragan meurt-il ?

Quand il arrive sur la terre et qu'il n'est plus alimenté par l'eau de mer qui s'évapore. Le vent tombe alors et, au contact du sol froid, l'air refroidit lui aussi et s'alourdit, les nuages crèvent et déchargent leurs tonnes de

pluie. Certains ouragans meurent avant de toucher les côtes : c'est qu'ils ont survolé une zone de mer froide (l'eau froide ne s'évapore pas).

Pourquoi ressuscite-t-il parfois ?

Sur la terre, il peut rencontrer des nuages de pluie classiques. Il les avale et cette humidité lui redonne un regain d'énergie. C'est ainsi que les cyclones, partis des tropiques à la fin de l'été, dérivent vers l'Amérique, rencontrent du mauvais temps et, tout requinqués, foncent directement vers l'Europe, où ils donnent des pluies interminables.

Comment les ouragans bougent-ils ?

Les ouragans ne restent pas en place : ils voyagent, toujours vers l'ouest, car ils sont attirés par les masses d'air froid situées au-dessus des terres les plus proches. Ce sont les Antilles pour les cyclones de l'Atlantique, et les côtes d'Asie pour les typhons du Pacifique. Mais ils ne vont pas vite : 30 km/h !

Pourquoi les ouragans tournent-ils ?

L'air chaud qui monte chargé d'humidité crée le vent. Mais, au lieu de monter verticalement, il est dévié par le mouvement de la Terre, qui tourne sur elle-même. La Terre tourne d'ouest en est, donc les vents aussi. Comme l'air dans le cyclone monte de plus en plus vite, il forme bientôt une spirale vertigineuse.

INCROYABLE !

- Typhoon Tip, en 1979, est le plus grand cyclone jamais enregistré, avec des vents à 470 km/h et un diamètre de 2 240 km. Un cyclone moyen produit en 1 heure autant d'énergie électrique que les États-Unis en 6 mois !

Les tornades

- *Comme les ouragans, les tornades forment une masse d'air qui s'élève vers le ciel en tourbillonnant furieusement. La comparaison s'arrête là. Les tornades sont plus petites, durent peu de temps, mais, par leur impact au sol, c'est le phénomène atmosphérique le plus violent de la nature.*
- *Une tornade mesure entre 50 et 500 m de diamètre.*
- *Elle dure en moyenne de 20 à 30 minutes.*

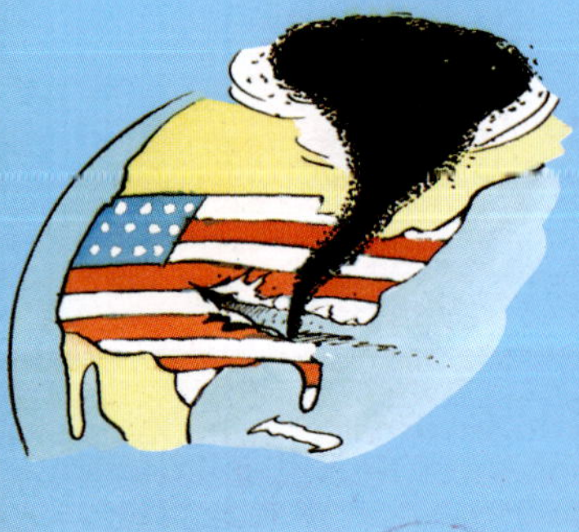

Comment se forme une tornade ?

Très facilement. Il suffit que de l'air chaud stagnant près de la surface du sol soit aspiré vers le haut par de l'air froid en altitude. La rotation de la Terre imprime, comme avec l'ouragan, un mouvement tournant aux vents qui montent et qui se roulent alors en entonnoir.

Pourquoi y en a-t-il surtout aux États-Unis ?

Aux États-Unis, les montagnes sont disposées du nord au sud, et non d'est en ouest (comme dans les pays d'Europe). L'air chaud venu des Antilles peut donc remonter librement à travers le pays, tandis qu'en altitude souffle un coulis d'air froid venant de l'océan Pacifique, à l'ouest, qui a dû s'élever pour franchir les montagnes Rocheuses. Cet air froid aspire l'air chaud du sol et crée les tornades.

Comment une tornade décapite-t-elle les immeubles ?

Une tornade ne touche pas toujours le sol. Son extrémité, en forme d'entonnoir, plane parfois quelques mètres au-dessus, là où est concentré l'air chaud. Quand elle passe sur un immeuble, au lieu de raser tout le bâtiment, la tornade n'emporte alors que les étages supérieurs.

pourquoi les maisons touchées par une tornade explosent-elles ?

Comme au centre du cyclone, il existe au cœur de la tornade une petite zone de tranquillité, où le vent tombe et où l'air devient tout léger.

Quand une tornade passe au-dessus d'une maison, celle-ci se retrouve, l'espace d'une seconde, dans cette zone étrange qu'on appelle « centre de basse pression » (l'air y est si léger qu'il n'exerce presque plus de pression sur la Terre). L'air qui est à l'intérieur de la maison, plus lourd et dense que l'air à l'extérieur, se précipite alors au-dehors et fait exploser tous les murs.

pourquoi les tornades font-elles tant de morts et de dégâts ?

Rien ne peut résister à la force de la tornade. Les courants d'air qui s'élèvent vers le ciel soulèvent les hommes et les animaux et les projettent au loin. Même les locomotives et les camions sont balayés comme des fétus de paille.

pourquoi ne peut-on prévoir les tornades ?

On prévoit bien l'ouragan parce que c'est une énorme masse de nuages.
La tornade, elle, est une petite spirale d'air qui se forme en quelques minutes. Elle est si étroite qu'elle passe parfois dans une rue en ne détruisant qu'un des deux trottoirs et elle meurt aussi vite qu'elle est née.

INCROYABLE !

- On ne connaît pas exactement la vitesse à laquelle souffle le vent à l'intérieur d'une tornade, car elle pulvérise tous les instruments. Des savants ont fait une estimation : de 450 à 600 km/h.

Les phénomènes céleste

- *Arc-en-ciel, halo, gloire, aurore boréale, boule de feu : le ciel se pare souvent de lueurs mystérieuses et inquiétantes. Les hommes du passé, qui n'y comprenaient rien, y voyaient l'annonce de terribles catastrophes.*

Aujourd'hui, les savants expliquent ces phénomènes, qui sont engendrés par la lumière du soleil.

- *Une gloire est un arc-en-ciel en forme de cercle.*
- *Une boule de feu mesure entre 10 et 30 cm.*
- *Les aurores boréales se produisent à 100 km d'altitude.*

Comment se crée l'arc-en-ciel ?

L'arc-en-ciel apparaît quand les rayons du soleil viennent frapper les gouttes de pluie. La lumière est un ensemble de couleurs. Habituellement, elle nous paraît blanche, parce que, comme l'air ne lui fait pas obstacle, elle vient nous frapper directement. La réunion de toutes ces couleurs donne le blanc. L'eau, au contraire, fait obstacle à la lumière. Le rayon de soleil rebondit sur les gouttes de pluie et toutes ses couleurs sont renvoyées séparément, les unes à côté des autres.

Pourquoi les arcs-en-ciel apparaissent-ils surtout le soir ?

Parce que le soleil doit être bas sur l'horizon pour que ses rayons frappent les gouttes. Quand il est haut dans le ciel, les rayons se faufilent entre les gouttes, sans rebondir dessus, et descendent tout droit vers nous. Pendant l'hiver, comme le soleil est bas en permanence, les arcs-en-ciel peuvent apparaître aussi en pleine journée.

Pourquoi y a-t-il de beaux arcs-en-ciel et d'autres un peu ratés ?

Plus les gouttes dans les nuages sont grosses, plus l'arc-en-ciel est coloré. Quand les gouttes sont petites, il est tout pâle et les couleurs se mélangent un peu. Parfois, on ne voit qu'un morceau d'arc-en-ciel, parce qu'il ne pleut que dans une partie du ciel.

Pourquoi le Soleil est-il parfois entouré d'un halo ?

Le halo est une sorte de cercle blanc lumineux, presque phosphorescent, qui se forme autour du Soleil les matins d'hiver. Il apparaît lorsque les rayons du Soleil

frappent les cristaux de glace contenus dans les nuages plats appelés cirrus. Cela annonce le mauvais temps.

Comment se produisent les aurores boréales ?

Ces rideaux de lumière verte, blanche, ou même rouge, flottent dans le ciel au niveau des pôles. Ce sont des particules du Soleil qui, en arrivant près de la Terre, sont aspirées vers les pôles, où elles entrent en collision avec des poussières du sol et produisent alors des décharges électriques.

Au Moyen Âge, les gens pensaient que les aurores boréales annonçaient de grands malheurs.

Comment naissent les boules de feu ?

On ne le sait toujours pas. Ces boules, produites lors des orages, sont constituées de « plasma », une substance très bizarre qui n'est ni solide, ni liquide, ni gazeuse. Elles se déplacent lentement, traversent les murs, suivent les fils électriques puis éclatent comme des bulles. Elles sont totalement inoffensives.

INCROYABLE !

- Les étoiles « bavent » ! Ce qu'on appelle « bave d'étoiles » est une substance gélatineuse qui tombe parfois du ciel. Elle sent mauvais et contient du plomb et de l'uranium, un métal très rare.

Le feu du ciel

- *Autrefois, les éclipses de Soleil ou de Lune semaient la terreur parmi les populations. Aujourd'hui, on craint l'impact des météorites dont les plus grosses pourraient provoquer des catastrophes à l'échelle planétaire.*
- *Il tombe 200 000 fragments rocheux par an sur la Terre, qui représentant un poids de 10 000 tonnes :139 gros cratères d'impact de météorites ont été recensés sur la planète.*
- *Le 1er octobre 1990, une masse de 10 000 tonnes a plongé dans l'océan Pacifique.*

Pourquoi la Terre reçoit-elle des météorites ?

Les météorites sont des fragments d'astéroïdes, des sortes de petites planètes qui tournent autour du Soleil, loin de la Terre, entre Mars et Jupiter. Certains de ces astéroïdes sont du genre excentrique et se mettent à foncer vers le Soleil, donc vers la Terre. En chemin, ils se cognent partout, éclatent en morceaux et atterrissent chez nous.

Comment explique-t-on le mystère de Sibérie ?

On ne l'explique pas.
Le 30 juin 1908, un immense grondement s'est propagé à 800 km à la ronde en Sibérie et 3 000 km^2 de forêt ont été soufflés d'un seul coup. Est-ce une météorite qui a explosé juste avant de toucher le sol, ou bien le cœur glacé d'une comète ? On ne sait pas.

Comment se produisent les éclipses ?

L'éclipse de Soleil se produit quand la Lune se place juste devant la Terre et lui cache le Soleil, comme quand un grand bonhomme s'assied devant toi au cinéma et t'empêche de voir l'écran. L'éclipse de Lune a lieu quand c'est la Terre qui se met devant la Lune : œil pour œil, dent pour dent.

Comment les dinosaures ont-ils disparu ?

Les dinosaures ont disparu il y a 65 millions d'années. Bizarre... Les savants pensent qu'une météorite géante a percuté la Terre à cette époque-là, en soulevant des tonnes de poussières qui, pendant plusieurs années, ont complètement masqué le Soleil. Les plantes se sont fanées, le froid a gelé la terre et 75 % des espèces vivantes ont alors disparu. Heureusement que nous n'y étions pas !

La disparition des dinosaures reste encore une énigme.

Pourquoi la Terre est-elle parfois arrosée d'une pluie d'étoiles filantes ?

À cause des comètes : ces planètes lointaines tombent parfois vers le Soleil. Leur noyau de neige durcie fond en chemin et répand sur des centaines de millions de kilomètres une longue traînée de poussières : la queue de la comète.

Une partie de ces poussières pénètre dans l'atmosphère et explose en pluie d'étoiles filantes. C'est très joli.

Pourquoi y a-t-il un énorme trou en Arizona ?

Il y a 24 000 ans, une météorite voyageant à 54 000 km/h est tombée là. Elle ne mesurait que 12 m de diamètre mais elle a fait un trou de 1 200 m de diamètre et 200 m de profondeur : le Meteor Crater. Il aurait fallu faire exploser 10 millions de tonnes de dynamite pour obtenir le même résultat !

INCROYABLE !

- Depuis 500 millions d'années, le poids de la Terre aurait augmenté de 6 millions de milliards de tonnes grâce à l'apport de météorites.

L'univers de la nuit

- *Le soleil se couche, le soir tombe, c'est un autre monde qui nous apparaît. Grâce à l'obscurité, la nuit, est une fenêtre ouverte sur l'espace. La Lune, satellite de la Terre, devient visible. Les étoiles, soleils des autres galaxies, nous éclairent.*

- *La Lune est distante de la Terre de384 400 km en moyenne (il faudrait mettre 30 Terres à la file pour la rejoindre). Elle fait le tour de la Terre en 27 jours et 8 heures. Pendant le même temps elle accomplit une rotation complète sur elle-même. Les plus vieilles roches rapportées de la Lune ont 4,6 milliards d'années (l'âge exact de la Terre).*

Comment explique-t-on les étoiles filantes ?

Les étoiles filantes sont des petites particules de roche, pas plus grosses qu'une rognure d'ongle, qui foncent en direction de la Terre. En entrant dans l'atmosphère, elles se désintègrent en quelques secondes, et laissent derrière elles une traînée d'étincelles.

Pourquoi la Lune est-elle parfois grise?

Certaines nuits, bien que la Lune ne forme qu'un fin croissant, on devine le reste de son disque, brillant d'une faible lueur cendrée. Ce phénomène s'appelle le « clair de terre ». C'est la lumière du Soleil réfléchie par la Terre qui rebondit sur la Lune.

Pourquoi la Lune brille-t-elle ?

Elle ne brille pas, la voleuse, elle ne fait que chiper la lumière du Soleil, qui rebondit et se reflète sur elle.

Pourquoi la Lune semble-t-elle plus grosse certaines nuits ?

La Lune n'est pas une boulimique, rassure-toi. Si elle nous paraît plus grosse parfois, c'est qu'elle est plus proche de nous. En effet, la Lune ne tourne pas en rond autour de la Terre, mais en ovale : la distance qui la sépare de nous varie. Au plus près, elle passe à 360 000 km de la Terre. Elle nous semble alors très grosse. Au plus loin, elle est à 406 000 km : comme elle est devenue menue !

En fonction de la position du Soleil et de la Terre, la Lune nous apparaît soit pleine, soit en quartier, soit pas du tout.

Pourquoi le ciel est-il noir la nuit ?

La question n'est pas stupide : il y a tellement d'étoiles dans l'Univers infini que leurs lumières, additionnées, devraient rendre le ciel encore plus brillant la nuit que le jour. Si le ciel est noir, c'est que la lumière de beaucoup d'étoiles se perd en chemin avant de nous parvenir.

Pourquoi les étoiles sont-elles lumineuses ?

Il y a deux sortes d'étoiles. Les planètes proches de nous, qui se contentent de refléter la lumière du Soleil, comme la Lune. C'est le cas de Vénus, qu'on appelle « l'étoile du berger ». Les autres étoiles sont des soleils, et pas des planètes. Elles brûlent et produisent leur propre lumière. Celles qui ont une couleur bleutée sont de jeunes étoiles, pleines d'énergie. Celles qui sont jaunes ou rouges sont de vieilles étoiles qui n'ont plus grand chose à brûler.

INCROYABLE !

- Sur la Lune, la température en plein jour s'élève à 120 °C. La nuit, elle tombe à – 160 °C.
- La galaxie dans laquelle nous vivons est constituée de 100 milliards d'étoiles.

La mer

- *La Terre est la planète de l'eau. Nulle part ailleurs dans le système solaire on ne trouve d'eau à l'état liquide en surface (Mars est recouvert d'une épaisse couche de glace). En régulant notre climat la mer a permis à la vie d'apparaître et de prospérer.*

- *71 % de notre planète est recouverte par la mer.*
- *La profondeur moyenne des océans est de 3 800 m. La fosse la plus profonde fait 11 034 m. Elle est située dans le Pacifique.*
- *L'océan Pacifique fait 180 millions de km^2 ; l'Atlantique, 106 millions de km^2.*

Comment l'eau est-elle venue sur la Terre ?

L'eau est apparue quand la croûte terrestre a commencé à se refroidir et à se solidifier. La température en dessous s'est mise alors à monter, comme dans une Cocotte-Minute et les roches ont fondu, en dégageant de la vapeur. Projetée dans l'atmosphère par les volcans, la vapeur s'est condensée au contact de l'air puis elle est retombée en déluge de pluie sur la Terre.

Pourquoi l'eau de mer est-elle salée ?

En moyenne, la mer contient 35 g de sels par litre. Ces sels sont des minéraux qui proviennent des roches terrestres. Les fleuves, en dévalant les pentes des montagnes, entraînent avec

eux de petits cailloux qu'ils déversent ensuite dans la mer. Au fond de l'eau, ces cailloux se désagrègent. Avec la chaleur, l'eau de la mer s'évapore, mais les particules minérales, plus lourdes, restent et s'accumulent.

Pourquoi y a-t-il des mers plus salées que d'autres ?

La mer Rouge est très salée : 44 g de sels par litre. La mer Baltique, au contraire, est presque douce : 20 g de sels par litre et 4 g dans certains golfes. Dans la mer Baltique,

Vue de la mer Rouge entre la péninsule Arabique et l'Égypte.

l'eau est très froide et s'évapore difficilement. De nombreux fleuves d'Europe s'y jettent et la ravitaillent sans cesse en eau douce. Il n'y a donc pas assez de sel pour saler toute cette eau. La mer Rouge, au contraire, borde le désert et reçoit peu de fleuves. Il y fait si chaud que l'évaporation est importante. Le sel s'y accumule donc facilement.

Comment fait-on la différence entre la mer et l'océan ?

Les mers sont des dépendances de l'océan qu'on distingue, soit parce qu'elles sont isolées par un détroit et forment comme un grand lac presque fermé (la mer Méditerranée est séparée de l'Atlantique par le détroit de Gibraltar), soit parce qu'elles sont une partie de l'océan, beaucoup moins profonde : la Manche, la mer du Nord et la mer Baltique se faufilent entre îles et continent.

Comment naissent les vagues ?

Grâce au vent. Mais le système des vagues est beaucoup plus compliqué qu'on ne le croit. Les vagues, c'est d'abord la houle, qui naît en haute mer à des milliers de kilomètres de la côte et qui ondule. Ensuite, c'est l'onde qui pousse la houle à l'horizontale (et sans laquelle les vagues n'atteindraient jamais la plage). En s'approchant de la côte, l'ondulation de la

vague est gênée par la pente du rivage. L'eau en surface va plus vite que l'eau en profondeur. La vague bascule alors et se brise en formant des rouleaux.

INCROYABLE !

- Dans la mer, il fait absolument noir à partir de 300 à 500 m.
- Il y a 97,4 % d'eau salée sur notre planète, pour 2,6 % d'eau douce seulement !

Les courants et les marées

- *L'eau des mers et des océans n'est pas stagnante. Au contraire, elle ne cesse de voyager.*
- *Les courants sont comme des fleuves gigantesques qui brassent les eaux des mers et des océans, soit 1,3 milliard de km^3 d'eau. Certains sont très lents et presques immobiles, d'autres, tel le Gulf Stream, déplacent des fabuleuses masses d'eau. L'eau charriée par les courants met entre 600 et 800 ans à faire le tour de la planète.*
- *Les marées plus faibles ne déplacent l'eau que sur à peine 1 m en moyenne.*

pourquoi y a-t-il des marées ?

Parce que la Lune attire l'eau. En fait, elle n'attire pas que cela : elle nous attire nous aussi, et tous les objets qu'il y a sur la Terre. Mais il n'y a qu'avec l'eau que cela se voit. Quand la mer se gonfle pour tenter de rattraper la Lune au-dessus du rivage : c'est marée haute. Puis par un mouvement de balancier, comme de l'eau dans une cuvette, la mer se retire : c'est marée basse.

pourquoi la marée est-elle plus forte à la pleine lune ?

Il n'y a pas que la Lune qui attire l'eau : il y a aussi le Soleil. La plupart du temps, le Soleil et la Lune sont situés à des endroits différents du ciel. Ils donnent des ordres contradictoires à la mer. Le Soleil dit : « Viens vers moi, à l'est. » Et la Lune : « Viens plutôt vers moi, au nord. » La mer part dans tous les sens et la marée est petite. À la pleine lune, le Soleil et la Lune sont situés juste en face l'un de l'autre. Leurs forces s'additionnent et la marée est grande.

pourquoi n'y a-t-il presque pas de marées en Méditerranée ?

Parce que c'est une mer toute petite. Il faut une grande quantité d'eau pour percevoir le mouvement des marées. Sur les côtes de l'océan Atlantique, qui est très grand, les marées s'étalent parfois sur plusieurs kilomètres : comme au Mont-Saint-Michel dans le nord-ouest de la France.

Comme l'eau se retire progressivement, les bateaux se posent délicatement sur le sable.

Les lacs aussi subissent la marée, mais ils sont trop petits pour que cela se voie.

Comment se forment les courants ?

D'une façon plutôt étonnante : l'eau coule ! L'eau chaude de la surface est aspirée vers l'eau froide du fond. Mais elle ne se contente pas de monter et descendre comme un ascenseur, elle voyage du sud vers le nord, des mers chaudes vers les mers froides.

Pourquoi parle-t-on tellement d'El Niño ?

El Niño est un courant qui remonte le long des côtes de l'Amérique du Sud depuis l'Antarctique. Il arrive à Noël. C'est pourquoi on l'appelle El Niño, « l'Enfant Jésus ». Ce Niño est d'habitude un courant froid aux eaux riches en poissons. Mais tous les 4 ou 5 ans, ses eaux se réchauffent et il provoque des tempêtes dans le monde entier. Les poissons meurent et les Péruviens qui vivent de la pêche sont bien ennuyés. À Noël, tu parles d'un cadeau !

INCROYABLE !

- Le débit du courant de l'océan Austral est 1 000 fois plus puissant que celui de l'Amazone, qui est le fleuve de la Terre qui charrie le plus d'eau à la seconde.

Des phénomènes étonnants

- *La mer peut être très dangereuse quand la tempête se lève. Le vent, la pluie ou la chaleur trop forte provoquent parfois des phénomènes étonnants et imprévisibles, comme les trombes et les raz de marée.*
- *Une trombe est une tornade marine. Elle se déplace à une vitesse de 30 à 60 km/h.*
- *Lors d'un raz de marée, les vents peuvent souffler entre 240 et 270 km/h.*
- *Les tsunamis sont provoqués par les séismes en mer et les éruptions volcaniques. L'onde se propage à 800 km/h environ, formant un mur qui avance vers la côte et qui peut mesurer plus de 30 m de haut.*

Comment se forme une trombe ?

Une trombe, c'est comme un tuyau d'aspirateur. De l'air descend en tourbillon depuis un gros nuage et, quand il entre en contact avec la mer, il se met à aspirer l'eau vers le haut. Pour qu'une trombe se forme, il faut que la mer soit très chaude et l'air plus frais. L'été, des trombes peuvent se former un peu partout.

Pourquoi prenait-on autrefois les trombes pour des monstres marins ?

Parce qu'elles émettent un petit sifflement ou un rugissement étouffé au moment où l'eau est projetée en l'air. Le loch Ness, en Écosse, est un lac très souvent sujet aux trombes. Encore un monstre qui tombe à l'eau !

Comment détruit-on une trombe ?

Certaines personnes téméraires disent qu'on peut détruire une trombe en tirant dessus au pistolet ou en poussant des cris depuis le pont d'un bateau. Mais rien n'est moins sûr !

Comment naît le fameux mascaret ?

Le mascaret est un petit mur d'eau qui remonte le cours d'un fleuve depuis la mer. Il naît avec la marée et les vents dans l'embouchure du fleuve qui a une forme d'entonnoir. En Angleterre, les surfeurs s'amusent sur

l'immense vague du mascaret de la Severn, qui parcourt 32 km.

Comment se produisent les raz de marée ?

Un raz de marée, c'est la mer qui déborde parce qu'elle grossit d'un seul coup, car elle « mange » les nuages. Imagine-toi un nuage d'orage attiré par l'air frais des terres, il se met à descendre et à grossir en filant droit sur elles. Quand il est arrivé suffisamment près des flots, la mer l'avale et déferle sur la côte en inondant tout sur son passage. Un séisme marin ou une éruption volcanique peuvent également provoquer un raz de marée.

Pourquoi faut-il s'enfuir très vite quand la mer se retire d'un seul coup ?

Parce qu'un tsunami se prépare. D'abord, tout est calme. Puis on ressent une petite secousse : c'est un tremblement de terre, souvent sous-marin, qu'on perçoit à peine. La mer se retire brusquement, en laissant les poissons frétiller sur le sable. Quelques minutes après, elle revient, sous forme d'un gigantesque mur d'eau qui avance à toute allure et dévaste tout.

INCROYABLE !

- Le 15 juin 1896, un tsunami historique a déferlé sur le Japon. En quelques secondes, il a fait près de 28 000 morts et détruisit 270 km de côtes.

Le monde des fleuves

Les fleuves et les rivières ne contiennent qu'une infime partie de toute l'eau présente sur la Terre. Mais ce sont eux qui, avec leur cours et leurs crues, ont dessiné les paysages. Du torrent de montagne au fleuve lent de la plaine, la vie d'un cours d'eau est en effet pleine de péripéties.

La vitesse de l'eau varie de 10 cm/s dans une rivière de plaine à 100 cm/s dans un torrent rapide.

Les plus longs fleuves du monde sont l'Amazone (7 000 km), le Nil (6 700 km) et le Missisipi (6 210 km).

pourquoi tous les fleuves vont-ils à la mer ?

Les fleuves ne vont pas vers la mer, ils se contentent de descendre les pentes.
Ils dévalent les montagnes et glissent le long des plaines, qui ne sont pas tout à fait plates, comme on le croit. Et finalement, un jour, ils arrivent à la mer et se jettent dedans.

pourquoi les fleuves font-ils des méandres ?

Quand le fleuve atteint la plaine, il ralentit. Il devient tout mou et paresseux, et n'a plus la force de creuser les roches, trop dures devant lui. Dès qu'elles lui résistent, il préfère faire un grand détour pour les éviter. Chaque détour forme un méandre.

pourquoi le lit des fleuves est-il couvert de cailloux et pas de sable ?

En dévalant les montagnes, le fleuve emporte avec lui beaucoup de cailloux. Mais, au fur et à mesure de son voyage, il perd de sa force.
Il commence par déposer les gros cailloux au fond de son lit, dans la plaine, ensuite les petits graviers. Quand il atteint la mer, il n'a plus dans ses poches que le sable, très léger. La mer rejette ensuite ce sable sur les plages.

comment fait-on la différence entre un fleuve et une rivière ?

C'est facile : les fleuves se jettent dans la mer et les rivières se jettent dans les fleuves.

Jusqu'à la construction du barrage d'Assouan, en Égypte, le Nil débordait chaque année et fertilisait la vallée.

Alors, ils les déposent devant eux, comme une valise trop lourde. Ce sable s'accumule et finit par leur bloquer la route. Pour passer, ils n'ont plus qu'à se couper en deux et faire le tour du barrage. Avec leurs deux bras, ils ont une forme de triangle : c'est le delta (de « delta », le D grec qui s'écrit Δ).

Comment les fleuves fertilisent-ils les plaines ?

Grâce aux inondations ! Quand le fleuve déborde, il dépose dans la campagne toutes les petites particules de terre très fertiles qu'il charrie avec lui et qu'on appelle les alluvions.

Pourquoi certains fleuves ont-ils plusieurs bras ?

Ces fleuves sont tellement paresseux que, lorsqu'ils arrivent près de la mer, où le sol est plat, ils n'ont plus la force de rien, même pas de transporter le sable ou les alluvions les plus légères.

INCROYABLE !

- L'Amazone est le fleuve le plus puissant de la Terre. Il charrie, en moyenne, 130 000 m³ d'eau par seconde et, en période de crue, jusqu'à 200 000 m³ d'eau.

Les lacs et les étangs

- *Il y a des milliers de lacs sur la Terre. Certains sont tout petits, d'autres immenses. Certains sont très profonds, d'autres très peu. Quelques uns sont salés, les autres pas. Leur présence et leur forme si variées reflètent l'histoire de notre planète depuis des millénaires.*
- *Les étangs, plus petits, sont des accidents de la nature. Beaucoup naissent grâce à la pluie qui ruisselle et s'accumule au creux d'une pente.*
- *La mer Caspienne est en fait le plus grand lac du monde : 360 000 km² (12 fois la Belgique) !*

Pourquoi beaucoup de petits lacs ont-ils la forme d'un croissant ?

On remarque ces petits lacs à proximité des fleuves. C'est parce qu'au début, quand le fleuve a tracé son cours, il a fait un détour pour contourner un obstacle.

Puis il a trouvé une route plus rapide et plus droite, et il a abandonné tout simplement le méandre qui est devenu un lac, avec cette forme si particulière.

Pourquoi certains lacs sont-ils aussi grands que des mers ?

Ce sont les vestiges d'anciennes mers immenses, qui existaient avant que la dérive des continents ne donne à la Terre son aspect actuel. Ces mers se sont peu à peu refermées et ont donné les lacs, comme la mer Caspienne, en Asie. Les vraies mers, à la différence des lacs, sont toujours ouvertes sur l'océan.

Pourquoi y a-t-il de la vase au fond des étangs et des lacs ?

C'est à cause du calme des eaux, qui permet à de nombreux petits animaux et aux algues de s'installer dans le lac. Quand ces animaux et ces plantes meurent, ils tombent au fond où ils se décomposent en poussière fine : la vase. Marcher dans un étang, c'est un peu piétiner un cimetière. Pas très agréable comme sensation, hein !

Les lacs des Rocheuses, en Amérique, ont souvent une belle couleur turquoise.

Comment certains lacs ont-ils fait pour s'installer en haut des montagnes ?

Ce sont des lacs de neige fondue. Autrefois, le climat sur la Terre était beaucoup plus froid. Toutes les montagnes étaient couvertes de glace. Quand le climat s'est réchauffé, il y a 11 000 ans, la glace a fondu et les lacs sont apparus. Le lac Titicaca, entre la Bolivie et le Pérou, est le plus haut du monde : il est juché à 3 812 m dans les Andes.

Pourquoi certains lacs sont-ils salés ?

Ils sont salés par du sel de mer ou... du sel de terre. En effet, soit ce sont eux-mêmes d'anciennes mers, comme la mer Morte, au Moyen-Orient, qui est le lac le plus salé du monde ; soit ils sont salés par la terre qui les porte, comme le Grand Lac Salé aux États-Unis.

Pourquoi d'autres lacs sont-ils si profonds ?

Ils occupent des failles, creusées dans l'écorce terrestre par le frottement des continents les uns contre les autres. C'est le cas du lac Baïkal, en Sibérie, le plus profond du monde, qui descend jusqu'à 1 740 m.

INCROYABLE !

- Avec 64 000 km², la mer d'Aral était, il n'y a pas longtemps, le 4e plus grand lac du monde. À présent, il n'en reste que 15% car les hommes ont détourné presque toute son eau pour irriguer leurs cultures.

L'eau sous terre

- *Sous terre, il y a 20 fois plus d'eau que dans tous les lacs et les fleuves du monde réunis. Une minuscule partie de cette eau souterraine alimente nos sources et est utilisée comme eau du robinet. Le reste est stocké dans les profondeurs du sol, et n'en ressort que sous forme de sources chaudes et de geysers spectaculaires.*
- *L'eau passe en moyenne de 5 à 20 jours dans le sol. Mais elle peut parfois être piégée pendant 10 000 ans.*
- *La vapeur d'eau des sources thermales peut atteindre 260 °C.*

Comment l'eau pénètre-t-elle sous terre ?

Tout le monde sait que la terre « boit » l'eau. Mais ce que l'on sait moins, c'est que les pierres aussi. Quand il pleut, l'eau descend à travers la couche de terre superficielle du sol et est absorbée par les roches. Dans les pays au climat tempéré, le sol est fait de roche assez tendre, comme le calcaire. Et le calcaire est une véritable passoire.

Pourquoi les eaux minérales sont-elles si pures ?

L'eau du robinet est simplement de l'eau de pluie qui a passé quelques jours sous terre. Les eaux minérales, elles, sont restées dans le sol durant des millénaires. En fait, elles ont été faites prisonnières par les roches très dures des montagnes. Au lieu de les traverser comme une éponge, elles y circulent goutte à goutte, très lentement. Les pierres retiennent toutes les impuretés de l'eau et lui donnent en échange leurs sels minéraux. C'est pour cette raison que les eaux minérales ont souvent un petit goût salé.

Dans les profondeurs du sol, l'eau de pluie forme parfois des lacs souterrains.

Pourquoi l'eau jaillit-elle de certains puits ?

De temps en temps, l'eau se retrouve prisonnière entre deux couches de rochers imperméables. Son volume grossit avec la pluie qui tombe, mais elle n'arrive pas à s'échapper. Quand on creuse un puits qui descend jusqu'à cette rivière bloquée, l'eau jaillit violemment par le trou. Ces puits s'appellent les « puits artésiens ».

Pourquoi l'eau de certaines sources est-elle chaude ?

Parfois, l'eau de pluie descend très profondément sous terre. Elle tombe dans des failles qui l'entraînent jusqu'au magma bouillant. Là, elle se réchauffe d'un seul coup, entre en ébullition et remonte à toute vitesse vers la surface pour sortir sous forme de source chaude. C'est comme une casserole d'eau qui bout... et qui déborde.

Comment se forment les geysers ?

L'eau des geysers vient des profondeurs de la planète, comme les sources chaudes, mais, au lieu de remonter en continu, elle jaillit à des moments bien précis. C'est un peu comme si la Terre éternuait : en bouillant, en dessous, l'eau se transforme en vapeur. Il y a de plus en plus de vapeur, et soudain : atchoum ! Certains geysers explosent toutes les deux semaines, d'autres tous les quarts d'heure. Gare aux postillons !

INCROYABLE !

- Le plus grand geyser du monde se trouve en Nouvelle-Zélande. En 1901, son jet d'eau a atteint 450 m de haut.
- Le parc de Yellowstone aux États-Unis renferme 10 000 sources chaudes !

L'érosion

- *Le vent, la pluie, le gel, le sel, la glace et les rivières ne cessent d'attaquer, de creuser, de sculpter les paysages. Les montagnes se transforment en collines, les glaciers en vallées, les plateaux en canyons... Des arches, des dômes, des tourelles de pierre se dressent dans les plaines. Et tout cela se passe sur des millions d'années.*

- *Les cours d'eau arrachent chaque année à la terre 20 milliards de tonnes de pierres. Ils abaissent le niveau des continents de 3 cm tous les 1 000 ans.*

Comment les vallées profondes des hautes montagnes se sont-elles creusées ?

Grâce aux glaciers, qui sont des sortes de grosses langues de glace qui dégoulinent du sommet jusqu'au pied des montagnes. Sur leur passage, ils raclent et râpent toutes les pierres. À la fin, quand la glace a fondu, il reste une grande vallée en forme de langue ou de U.

Pourquoi y a-t-il des rochers en forme de champignon dans certains déserts ?

Ces rochers ont des formes si étranges qu'on leur a donné le joli nom de « cheminées de fées ». C'est le vent qui les a sculptés. En soufflant, il a soulevé le sable du désert et l'a fait voler au ras du sol. Le pied des rochers, usé et poli par le sable, s'est effilé jusqu'à devenir une frêle colonne.

Pêcheur au crépuscule, au pied des collines de Guilin.

Pourquoi la Chine du Sud ressemble-t-elle à un jeu de quilles ?

La province de Guilin, en Chine, est connue pour ses dizaines de collines étranges qui pointent dans la plaine. Qu'est-ce qui les a fait pousser ? Rien. C'est le sol qui s'est creusé tout autour d'elles, sous l'action de la pluie. Seul le calcaire, une roche très friable, est capable de donner des paysages aussi spectaculaires.

Comment s'est créé le Grand Canyon du Colorado aux États-Unis ?

Autrefois, le Colorado était une plaine en bord de mer où une rivière serpentait paresseusement. Mais le niveau de la mer a baissé brusquement et le Colorado est devenu un haut plateau dominant le rivage.
La paisible rivière s'est transformée en torrent, pressée de dévaler les pentes. Elle a ainsi creusé en 10 millions d'années le canyon que l'on voit aujourd'hui. Ce qui est très rapide, foi de rivière !

Comment se forme le paysage au bord de la mer ?

Grâce aux vagues. Elles commencent par attaquer une falaise en y perçant de larges entailles. Puis des pans de falaise s'effondrent. Les vagues récupèrent les morceaux, les roulent et les reroulent dans leurs rouleaux, puis les rejettent près de la

falaise en formant une plage de galets. Plus loin, les vagues rencontrent les eaux chargées de sable d'une rivière. Ces dernières ralentissent et vont mourir le long de la rive où le sable s'entasse.

INCROYABLE !

- Le Saut de l'Ange, au Vénézuela, est la plus haute chute d'eau du monde : 979 m (rien à voir avec celles du Niagara, qui ne mesurent que 50 m environ de haut).

Les montagnes

- *Tout relief qui dépasse 600 m de haut est une montagne. Mis à part les volcans, qui forment des sommets isolés, les montagnes sont toujours groupées en chaînes comme, en Europe, la chaîne des Alpes, en Asie, l'Himalaya ou, en Amérique, les Andes et les Rocheuses.*
- *L'Everest, dans l'Himalaya, est le plus haut sommet du monde. Il s'élève à 8 848 m.*
- *Les Andes forment la plus longue chaîne montagneuse continue de la Terre : elle s'étend sur 7 250 km (l'Himalaya ne fait que 2 500 km de long).*
- *Les Alpes culminent au mont Blanc, à 4 807 m.*

Comment se forment les montagnes ?

C'est très simple : les montagnes naissent là où il y a de la mer prise en sandwich entre deux morceaux de terre. Quand les deux terres commencent à se rapprocher, la mer se sent à l'étroit et tout le sable qui se trouve au fond est expulsé et s'empile sur le rivage. Ensuite, les deux terres se rencontrent ; la plus molle des deux glisse sous la plus dure et la soulève. La terre surélevée plus le château de sable par-dessus égale une montagne.

Pourquoi les guides de montagne marchent-ils le dos courbé ?

Pour économiser l'oxygène. La première fois que tu escalades une montagne, tu te sens tout léger à cause de l'air autour de toi qui est moins lourd.

Tu te mets à gambader comme un cabri. Mais, très vite, tu t'essouffles, ton cœur bat la chamade et tu dois t'arrêter. Les guides le savent bien : eux montent lentement, le dos courbé, comme des ânes. Et ils marchent des heures durant.

La mer de Glace est un glacier dans le massif du Mont-Blanc. Elle mesure 12 km de long, mais elle rétrécit chaque année.

Pourquoi a-t-on du mal à respirer au sommet ?

Parce qu'il y a moins d'oxygène, pardi ! L'oxygène est lourd, et il est donc plus abondant au ras du sol, dans la plaine. Dès qu'on monte un peu, il se fait plus rare et l'air devient tout léger. À 3 000 m, on commence à avoir des vertiges. À 6 000 m, on peut à peine respirer.

Pourquoi certaines avalanches sont-elles plus dangereuses que d'autres ?

Ça dépend de la neige. Si elle est lourde et moelleuse, cela donne une avalanche qui écrase tout sur son passage, mais qui est assez lente, comme un éléphant dans un magasin de porcelaine ! Si la neige est sèche et poudreuse, l'avalanche va très vite et elle souffle toutes les maisons aux alentours, comme une bombe. En outre, la neige y est si fine qu'elle pénètre dans les poumons des gens et les fait mourir en les noyant.

Comment naissent les glaciers ?

Au sommet des montagnes, la neige s'amoncelle dans les creux et durcit en glace. Quand il y a trop de neige, la glace déborde du creux et se met à couler, très lentement le long de la pente, comme un fleuve au ralenti. C'est cela, un glacier.

INCROYABLE !

- 90 des 100 plus hauts sommets du monde se trouvent dans l'Himalaya. Tous dépassent 7 300 m. L'Himalaya continue de se soulever au rythme de 2 m tous les 1 000 ans.

Les déserts

- *Toutes les régions du monde où il tombe moins de 25 cm de pluie par an sont des déserts. Cela représente 1/7e des terres de notre planète.*
- *Tous les déserts ne se ressemblent pas. Il y en a des chauds, comme le Sahara, et des froids, comme le désert de Gobi.*
- *Il y a des déserts de sable, les ergs, et des déserts de pierre, les regs.*
- *Avec ses 8 millions de km^2 environ, le Sahara est le plus vaste désert de la planète. Il est grand comme les États-Unis et occupe 1/3 de la superficie de l'Afrique.*

pourquoi y a-t-il tant de sable dans les déserts ?

À cause de la rosée. La nuit, il fait très froid, la rosée pénètre dans les failles des pierres et gèle. Au matin, quand la chaleur revient, elle dégèle. Or quand l'eau gèle, la pierre se dilate et quand elle dégèle, elle se contracte. À force de changer de forme, la pierre éclate. Les morceaux, dispersés par le vent, sont cognés partout et pulvérisés. À la fin, il n'en reste que du sable.

pourquoi certains déserts sont faits de cailloux et pas de sable ?

Simplement parce que ce sont des cailloux trop durs pour être réduits en sable par l'érosion. Quand le vent souffle, ces pierres volent dans tous les sens : c'est très dangereux !

pourquoi voit-on des mirages dans le désert ?

Près du sol, l'air est tellement chaud qu'il se met à briller et à refléter les objets, comme un miroir. Souvent, il y a plusieurs couches d'air brûlant qui sont comme des glaces superposées se renvoyant les images à l'infini.

Monument Valley est un vaste désert de sable rouge dans le sud des États-Unis. Ce désert aux reliefs extraordinaires, situé dans la réserve des Indiens Navajo, couvre plus de 120 km².

Pourquoi certaines dunes chantent ?

On ne sait pas, c'est un mystère. Le soir, certaines dunes émettent un son très grave, comme un roulement de tambour. C'est peut-être à cause des grains de sable qui s'entrechoquent quand ils glissent le long de la dune.

Pourquoi y a-t-il des déserts même au bord de la mer ?

Parce que l'eau de cette mer est tellement glacée qu'elle ne peut pas s'évaporer et donner de la pluie. C'est le cas du désert d'Atacama, au Chili, en bordure du Pacifique, qui est le lieu le plus sec de la planète : il n'y a pas plu une goutte entre 1571 et 1971 (400 ans !). Près du rivage, l'eau chaude de la surface est emportée par les courants et remplacée par de l'eau venue des profondeurs de l'océan : gla gla gla !

Comment les dunes se déplacent-elles ?

Quand le vent souffle, on dirait que les dunes fument. En fait, ce sont les grains de sable entassés du côté exposé au vent qui sautent au-dessus du sommet pour atterrir de l'autre côté. Chaque grain, dès qu'il heurte un autre grain, le pousse comme une boule de billard. Et la dune avance.

INCROYABLE !

- Le record absolu de chaleur a été mesuré à Al-Azizyah, dans le désert de Libye, le 13 septembre 1922 : la température de l'air était de 58 °C (le sable monte alors à 80 °C).

Les pôles

- *Le pôle Sud et le pôle Nord n'ont rien de semblable. Le pôle Sud est un continent entouré par des océans. Le pôle Nord est un océan bordé par des îles, dont la plus grande est le Groenland.*
- *L'Antarctique, au pôle Sud, mesure 13 millions de km². La glace qui le recouvre atteint par endroits 4 300 m d'épaisseur et pèse au total 30 millions de milliards de tonnes !*
- *Dans l'Arctique, la banquise n'est épaisse que de 100 m en moyenne, sauf au Groenland, où elle peut avoir 3 000 m d'épaisseur.*

Comment la banquise s'est-elle formée ?

Ça dépend. Au pôle Sud, c'est la neige qui tombe depuis des milliers d'années qui s'est accumulée, tassée et solidifiée pour former l'inlandsis, une sorte de couvercle de glace au-dessus des terres de l'Antarctique. Au pôle Nord, c'est juste la mer qui gèle chaque hiver. En été, tout fond.

Pourquoi dit-on que la banquise « vèle » ?

Parce qu'elle fait des petits : les icebergs. Au printemps, quand l'air est un tout petit peu moins froid (entre 0 °C et 10 °C !), la glace accumulée sur l'Antarctique ou sur les glaciers qui couvrent les îles autour du pôle Nord se ramollit et glisse vers la mer. Là, elle se détache pour former un iceberg qui se met à flotter.

Pourquoi les icebergs ont-ils des formes différentes ?

Ceux qui viennent de la banquise en forme de table de l'Antarctique sont longs et plats. Ils flottent comme de grandes plates-formes, qui dominent l'eau de 30 m. Ceux qui viennent des hauts glaciers du Groenland sont grands et tout déchiquetés. Ils s'élèvent jusqu'à 100 m au-dessus de la mer.

Quand l'été revient, la banquise se disloque en plusieurs morceaux plus ou moins grands, qui se mettent à flotter jusqu'à ce qu'ils fondent et disparaissent dans la mer.

Pourquoi les icebergs ne coulent-ils pas ?

Parce que de l'air s'est trouvé piégé entre les flocons de neige quand ils se sont mis à durcir pour former la glace. Résultat : les icebergs flottent, bien que 80 % de leur masse se trouve sous l'eau.

Pourquoi les savants font-ils des expéditions aux pôles ?

Pour analyser les bulles d'air coincées dans la glace, qui les aident à reconstituer le temps qu'il faisait sur la Terre il y a 200 000 ans. Ils prélèvent des cylindres de glace qu'on appelle les « carottes ».

Pourquoi les icebergs ne sont-ils pas salés ?

Parce qu'ils sont formés de neige, et donc d'eau douce. En revanche, la banquise de l'Arctique, qui est de l'eau de mer gelée, est, elle, bien salée.

Pourquoi des accidents tels que celui du « Titanic » n'arrivent-ils pas aujourd'hui ?

Parce qu'à présent, des avions survolent l'Atlantique et, dès qu'un iceberg s'y aventure, il est détruit à coup de bombes. Ces avions font partie de l'Ice Patrol, « la patrouille des glaces ».

INCROYABLE !

- Le plus gros iceberg de l'Histoire s'est décroché en 1956 de l'Antarctique : il couvrait 31 000 km² et a mis plus de 10 ans à fondre.

Les îles

- *Les îles sont des terres entourées d'eau.*
- *Certaines, comme le Japon, se sont créées toutes seules, en surgissant au milieu de l'océan : ce sont des îles volcaniques.*
- *D'autres, comme la Corse ou Madagascar, sont des morceaux de terre détachés du continent : ce sont des îles continentales.*
- *Avec ses 2,2 millions de km², le Groenland est la plus vaste île du monde.*
- *C'est dans l'océan Pacifique qu'il y a le plus grand nombre d'îles : 25 000.*

Pourquoi les îles ont-elles souvent la forme d'une montagne ?

C'est le cas des îles qui sont proches des continents. Autrefois, elles étaient rattachées à la terre. Mais, à la fin de la préhistoire, le niveau de la mer s'est brusquement élevé et les régions

basses des côtes ont été noyées. Seules les sommets les plus hauts ont surnagé.

Pourquoi certaines îles fument-elles ?

Parce que ce sont des volcans. Au début, on ne le voit pas : il est tout petit, tapi au fond de la mer. La lave qu'il crache se refroidit au contact de l'eau et forme la masse de l'île. Celle-ci grandit, grandit. Un beau matin, on voit de la fumée dépasser de l'eau, puis des flammes jaillir. Et enfin, l'île pointe le bout de son nez.

Comment se forment les récifs de coraux près des îles ?

Ces récifs sont à la fois des cimetières pour les coraux morts et des crèches pour les bébés coraux. Le corail est un animal qui, pour protéger son corps tout mou, a eu l'idée de mettre son

Le lagon entoure cette île d'origine volcanique. Vu d'avion, c'est un paysage paradisiaque.

squelette à l'extérieur, telle une armure. Il le fabrique avec le calcium qu'il extrait de l'eau de mer. Les coraux aiment vivre groupés.
Ils se serrent les uns contre les autres. Quand l'un meurt, son squelette reste en place et un bébé corail vient s'installer au-dessus.
Avec le temps, tous les squelettes entassés, soudés par le sable comme par du ciment, font un récif.

Pourquoi n'y a-t-il pas de récifs de coraux près de l'Europe ?

La mer y est bien trop froide. Les coraux ne se plaisent que dans les eaux peu profondes et très ensoleillées, car les petites algues qui les nourrissent en se fixant sur eux ont besoin de beaucoup de lumière. Il faut aussi que la mer soit agitée par de grosses vagues : dans les eaux stagnantes, la vase étouffe les coraux.

Pourquoi l'eau des lagons est-elle si bleue ?

Entre le récif corallien et l'île, la mer est très peu profonde, si peu que le ciel se reflète dedans comme dans un miroir : c'est le lagon. Le bord du récif marque l'endroit où le sol sous l'eau descend vers les profondeurs de l'océan, presque à la verticale. Là, la mer est sombre, agitée et peuplée de requins, qui, bloqués par le récif, rôdent autour comme des fous.

INCROYABLE !

- La Grande Barrière de Corail, au large de l'Australie, est le plus grand récif corallien, et donc la plus grande structure vivante de la planète. Elle fait 2 400 km de long et 200 km de large.

Les grottes

- *Goutte à goutte, l'eau fait son chemin. Il faut 10 000 ans pour qu'une fissure dans le sol s'élargisse au diamètre d'un crayon ; et 90 000 ans de plus pour qu'une cavité de 3 m se creuse au-dessous. Et combien de millions d'années pour que les grottes, les galeries, les avens, les gouffres et leurs sculptures extraordinaires deviennent réalité !*

- *Une stalactite grandit de 2 mm par an. La plus longue stalactite connue fait 59 m (dans la grotte de Nerja, en Espagne).*
- *La plus haute stalagmite fait 29 m (dans l'aven Armand, en France).*

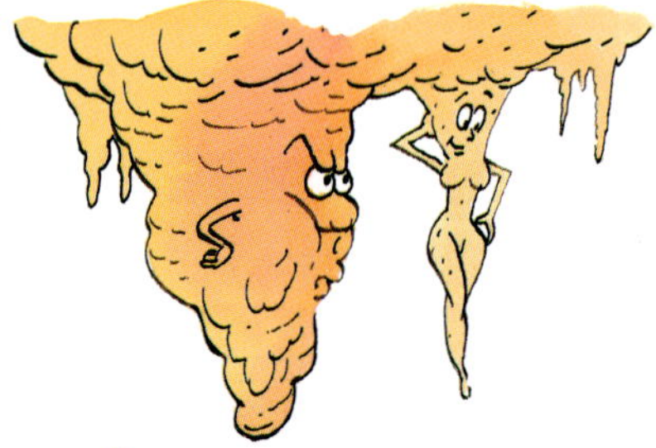

Pourquoi y a-t-il des stalactites fines et d'autres épaisses ?

Quand les gouttes d'eau qui tombent sont trop grosses, elles rebondissent par terre et remontent au plafond où elles se collent à la stalactite, comme un chewing-gum. Plus ça éclabousse, plus la stalactite grossit.

Comment se forment-elles ?

Le calcaire, c'est comme le sucre : ce n'est pas parce qu'il fond qu'il disparaît. Il reste dans l'eau sous forme de mini-particules. Quand l'eau goutte du plafond des grottes, elle laisse un petit dépôt de calcaire qui s'allonge en stalagtite. Les gouttes d'eau qui tombent sur le sol font la même chose : une stalagmite se crée.

Comment distingue-t-on les stalactites des stalagmites ?

Facile ! Dans « stalactite », il y a « t », comme dans tomber. Les stalactites pendent au plafond des grottes. Dans « stalagmite », il y a « m », comme dans

« monter ». Les stalagmites s'élèvent sur le sol des cavernes.

Comment se forment les gouffres ?

Quand le plafond d'une grotte s'effondre, cela donne un gouffre. Le gouffre le plus profond du monde se trouve dans les Alpes, en France : c'est le réseau Jean-Bernard, qui descend à 1 602 m.

Comment se creuse une grotte ?

Il y a un mot magique pour percer le mystère des grottes : c'est « calcaire ». Partout où le sol est calcaire, on peux parier qu'il y a des centaines de grottes au-dessous. L'eau fait fondre le calcaire et le creuse comme du gruyère. En fait, il y a dans l'eau un acide qui vient du gaz carbonique que tu rejettes en expirant l'air de tes poumons. Quand la pluie tombe, l'eau se charge de ce gaz qui est dans l'air et le transforme en acide. Toutes les pierres résistent à cet acide, sauf le calcaire.

Comment se forment les incroyables sculptures des grottes ?

Les plus belles grottes sont décorées de colonnes, de draperies et de fleurs de calcaire pétrifiées. Une colonne se forme quand une stalactite et une stalagmite se rejoignent et se soudent. Les draperies se forment quand de l'eau s'écoule le long d'une dalle inclinée et tombe en cascade au sol. Les fleurs sont laissées sur les parois par l'eau qui suinte en gouttes.

INCROYABLE !

- La plus vaste grotte du monde est celle de Sarawak Chamber sur l'île de Bornéo (en Malaisie) : 700 m de long, 430 m de large, et 120 de haut. On pourrait y installer 500 courts de tennis !

Les roches

On les classe en trois grandes familles :

- *Les roches magmatiques qui sont de la lave refroidie et solidifiée. La plus courante de toutes est le granit.*
- *Les roches sédimentaires, qui sont formées d'autres roches concassées ou d'anciennes matières vivantes, comme le sable et la craie.*
- *Les roches métamorphiques, qui se sont transformées sous la chaleur ou en étant compressées. Exemples : l'ardoise et le marbre.*

Comment se fabrique la craie ?

La craie se forme sous la mer, au fur et à mesure que meurent les coquillages et les poissons. Leurs coquilles et leurs arêtes tombent au fond, sont réduites en poudre par le mouvement de l'eau et s'accumulent en tas : les falaises de craie. C'est donc avec du squelette de poisson que la maîtresse écrit au tableau noir !

Comment se forme le marbre ?

Comme la craie, le marbre est une sorte de calcaire. Le marbre est donc fait lui aussi de débris de coquilles et d'arêtes. Mais alors qu'il n'était encore que du calcaire vulgaire, un volcan a explosé près de lui et la lave l'a cuit : c'est cela qui l'a rendu si dur !

Pourquoi sans volcans, n'aurait-on pas de châteaux de la Loire ?

Les châteaux de la Loire sont faits de tuffeau. Et le tuffeau, ce n'est rien d'autre que de la cendre de volcan ! En retombant par terre, elle s'est tassée et de petites herbes et des mousses se sont mises à pousser dedans. Résultat : le tuffeau est rempli de tout petits trous qui le rendent très tendre et facile à tailler.

Les falaises de craie reculent régulièrement sous l'assaut des vagues.

pourquoi la Terre est-elle couverte de terre ?

La terre est de la roche hachée (comme il y a du steak et du steak haché !). Ce sont les fleuves, la pluie, et le vent qui ont broyé les roches et les ont déposées dans les plaines. La terre est donc de la roche sédimentaire.

pourquoi tout est-il bon dans la terre ?

Avec la terre, on fait plein de choses utiles. L'argile est une variété de terre humide. On s'en sert pour faire des poteries, des tuiles et des briques. En le mélangeant au calcaire, on fabrique du ciment. Le sable est une variété de terre plus sèche. C'est en le chauffant qu'on fabrique le verre. Enfin, le gravier est une variété de terre mal concassée. Si tu mélanges du ciment, du sable et du gravier, tu obtiendras du béton. Donc toutes nos villes sont faites de terre !

pourquoi l'ardoise couvre-t-elle nos toits ?

Parce que l'ardoise est une roche qui se découpe facilement en fines lamelles. En fait, l'ardoise n'est rien d'autre que de l'argile qui s'est trouvée écrasée sous une montagne et s'est plissé en couches superposées (les fameuses lamelles). C'est une roche métamorphique.

INCROYABLE !

- Les roches les plus anciennes sont nées il y a 3,9 milliards d'années, presque en même temps que la Terre.

Les ressources naturelles

- La Terre renferme bien des trésors : pierres précieuses, métaux, charbon, pétrole, gaz (les hydrocarbures).
- Les métaux servent à l'industrie, les hydrocarbures nous fournissent l'énergie et les pierres sont taillées en bijoux.
- Sur les 3 000 minéraux qui existent sous terre, entre 15 et 20 sont des pierres précieuses.
- L'homme moderne consomme 1,4 tonne de pétrole par an.
- Au rythme d'extraction actuel, nos réserves de pétrole et de charbon seront épuisées dans 60 ans.

Comment s'est formé le pétrole ?

Le pétrole s'est formé au fond des mers chaudes durant des millions et des millions d'années. De petit débris de plantes et d'animaux morts sont tombés au fond où ils ont fini par être recouverts par le sable. Là, ils ont fermenté et se sont transformés en un liquide visqueux et sombre qui est remonté en imbibant le sable.

Comment s'est formé le charbon ?

Le charbon s'est formé à partir des forêts luxuriantes qui couvraient des régions marécageuses il y a 355 millions d'années. Les plantes mortes ont été enfouies dans la boue et, sous la chaleur et le tassement, se sont transformées petit à petit en charbon.

Pourquoi trouve-t-on du pétrole dans le désert du Sahara ?

Parce qu'il y a très longtemps, tout ce désert était situé sous la mer, là où le pétrole s'est formé.

Comment les pétroliers font-ils pour ne pas couler ?

Parce que le pétrole qu'ils transportent est plus léger que l'eau ! Après tout, le pétrole, ce n'est que de l'huile mélangée avec de l'essence. Mets de l'huile dans un verre d'eau : tu la verras flotter. Quant à l'essence, elle est si légère

1 - Émeraude. 2- Diamant.
3 - Rubis. 4 - Saphir.

Pourquoi les pierres précieuses ont-elles de si belles couleurs ?

Les pierres précieuses sont des roches colorées par les métaux. Le rubis doit sa couleur rouge au chrome. Le saphir est bleu parce qu'il contient du fer et du titane. L'émeraude est teintée de vert par l'aluminium.

qu'elle s'évapore et s'enflamme comme un rien.

Pourquoi l'ambre est-il une exception parmi les pierres précieuses ?

Parce que ce n'est pas une pierre précieuse. L'ambre couleur miel fait de splendides bijoux. Les Grecs anciens croyaient qu'il était produit par les rayons du soleil couchant. En réalité, c'est juste de la résine qui s'est fossilisée dans le sol à partir des forêts de pins qui couvraient la Terre, il y a 60 millions d'années.

INCROYABLE !

- Le diamant est la pierre la plus dure et aussi la plus précieuse. Rien d'étonnant à cela : il faut retourner en moyenne 25 tonnes de roches pour trouver 1 gramme de diamant.

Le règne végétal

- *Les premiers êtres vivants sont apparus sur la Terre il y a 3,5 milliards d'années. Parmi eux, certains avaient la capacité de fabriquer leur propre nourriture : les plantes.*

Grâce à ce talent, elles ont pu survivre dans le monde hostile des origines et ont permis l'apparition de la vie animale, puis humaine.

- *La plus grande des plantes est le séquoia géant de Californie, qui peut atteindre112 m de haut.*
- *La plus petite des plantes à fleurs est la lentille d'eau, qui mesure 0,3 mm de diamètre.*

Comment la plante se nourrit-elle ?

Elle cuisine ! Contrairement à nous et aux animaux, la plante ne peut pas manger d'aliments solides : elle n'a pas d'estomac pour les digérer. Elle doit donc fabriquer ses propres protéines, sucres et graisses. Pour cela, elle utilise comme ingrédients l'eau du sol, le gaz carbonique de l'air et la lumière du soleil. L'hiver, la lumière baisse et l'eau gèle dans le sol. La plante n'arrive plus à se nourrir et décide de dormir, comme les ours et les marmottes.

Pourquoi les plantes ne bougent-elles pas ?

D'abord, elles n'ont pas de système nerveux (ce qui fait que tu sursautes quand on te pince), donc elles ne font pas de mouvements rapides. Elles sont gênées par leur squelette, qu'elles ont mis à l'extérieur et pas à l'intérieur comme nous. Mais elles bougent quand même, en prenant leur temps.

Comment la sève monte-t-elle dans la plante ?

Les plantes transpirent : elles perdent de l'eau par les feuilles. Cette perte crée un appel à travers toute la plante, qui pompe alors l'eau du sol par ses racines.

Comment se fait la photosynthèse ?

Sous les feuilles, il y a de minuscules trous qui ressemblent à des yeux de grenouille, et qu'on appelle les stomates. C'est par là qu'entre le gaz carbonique. Il se dissout dans l'eau de la sève et est chauffé par la lumière du soleil, comme une casserole qui mijote sur le feu. Et là, miracle ! le gaz carbonique se transforme en hydrates de carbone : en gros, en patates et en haricots. C'est ça que mangent les plantes : quel régime !

Pourquoi les racines des plantes sont-elles poilues ?

Les racines des plantes sont comme des têtes chercheuses qui essaient de capter le plus d'eau possible. Pour augmenter leur capacité d'absorption, elles se sont fait pousser des poils grâce auxquels elles boivent dix fois plus ! De plus, les racines sont visqueuses à cause d'une substance qu'elles sécrètent pour ne pas s'abîmer en s'enfonçant dans la terre. Poilues, visqueuses : tout pour plaire !

Pourquoi les plantes sont-elles vertes ?

Elles ont dans leurs feuilles un pigment qui s'appelle la chlorophylle. Ce pigment leur sert à absorber la lumière, mais pas toute la lumière. Tu sais déjà que la lumière est un ensemble de couleurs. Les plantes mangent le bleu, le jaune et le rouge. Mais elles n'arrivent pas à digérer la couleur verte, qui reste alors à l'extérieur !

Pourquoi ne serait-on pas sur la Terre sans les plantes ?

Quand les plantes sont apparues sur la Terre, il y avait très peu d'oxygène dans l'air. Grâce à la photosynthèse, elles ont rejeté beaucoup d'oxygène qui a rendu l'air... respirable.

INCROYABLE !

- Les plantes sont de grosses buveuses : il faut 600 tonnes d'eau par jour et par hectare rien que pour le maïs !

Les algues

- Les algues sont les végétaux les plus anciens. Peu évoluées, elles font partie du groupe des plantes qui ne fleurissent pas. Rouges, vertes ou bleues, rondes ou longues, minuscules comme les diatomées, qui constituent le planton marin, ou immenses comme dans la mer des Sargasses, il n'y a rien de plus varié que les algues.
- Il existe 40 000 espèces d'algues au total ! Les algues sont responsables de plus des 2/3 de la photosynthèse (et donc de l'oxygène) sur la Terre. Elles sont indispensables à la vie humaine.

pourquoi les algues ont-elles des couleurs différentes ?

Tout dépend de l'endroit où elles poussent. Sur la plage, elles sont vertes. Les algues dans lesquelles tu t'emmêles quand tu nages sont brunes car la chlorophylle est masquée par des pigments bruns et jaunes qui leur permettent de capter la lumière sous l'eau.
En pleine mer, il y a des algues rouges : cette couleur les aide à capter les faibles rayons de soleil qui pénètrent dans les profondeurs.

pourquoi les algues sont-elles gluantes ?

Parce que sans cela, dès qu'une vague les dépose sur la plage, elles se dessècheraient et mourraient. Avec la bave d'algues, on fait de la gélatine, utilisée dans certains desserts. Bon appétit !

pourquoi certaines algues vivent-elles sur des moules ?

Le fucus, une algue brune très courante, doit se fixer quelque part pour pousser. Au fond de l'eau, dans le sable, c'est impossible. Alors, elle se cramponne à la coquille d'une moule. La moule est d'ailleurs ravie : l'algue lui sert de bouée ; elle lui permet de ne pas s'enfoncer trop sous l'eau.

Pourquoi le plancton est-il dur à digérer ?

Le plancton, qui nourrit les baleines et les poissons, est constitué en partie d'une drôle d'algue microscopique, la diatomée. Elle est faite d'une coquille transparente en deux parties, comme une boîte et son couvercle. De cette coquille, on extrait la silice, avec laquelle on fabrique du verre. Plutôt indigeste comme casse-croûte !

Pourquoi les savants se bagarrent-ils au sujet des algues ?

Certaines algues primitives sont si étranges qu'on ne sait pas si ce sont des plantes ou des animaux. Les euglènes, par exemple, sont des algues vertes très petites, qui possèdent de la chlorophylle et vivent grâce à la photosynthèse. Elles ne sont pas recouvertes d'une carapace dure comme les autres pantes, mais de peau molle. Elles ont aussi un estomac, un intestin et elles rejettent leurs excréments par la bouche. Ni plantes ni bêtes, on dirait plutôt des extraterrestres !

Comment les algues se changent-elles en pierres ?

Sur certaines plages d'Australie, on rencontre de gros cailloux ronds, plus hauts qu'un homme : ce sont des algues bleues. Ces algues sont les plus vieilles au monde, elles sont nées il y a 3,5 milliards d'années. Plutôt que de se nourrir des rayons du soleil, elles boivent l'eau de mer. L'eau laisse dans leur corps des dépôts de calcaire et, quand l'algue meurt, tout disparaît, sauf le calcaire, qui sert alors de support à une autre algue bleue.

INCROYABLE !

- La plus grande algue est le kelp. Elle peut mesurer de 50 à 60 m de haut et s'enracine au fond des mers tropicales, où elle forme des forêts touffues.

Les champignons

- *Les savants classent les champignons dans un règne à part, ni végétal, ni animal. Ce sont en effet des plantes étranges, sans chlorophylle, qui ne peuvent donc pas réaliser la photosynthèse.*
- *Ils se nourrissent comme les animaux, d'autres organismes, vivants ou morts.*
- *Le champignon libère des graines en ouvrant son chapeau : ce sont les spores.*

- *Il existe plus de 180 000 espèces de champignons.*

Comment la lycogale marche-t-elle ?

Grâce à ses pattes, pardi ! Elle se les fabrique elle-même, quand elle est jeune et pleine d'énergie. Elle a alors l'aspect d'une gelée rose, étalée sur la souche des noyers. Sous la gelée, grâce à ses pattes, elle se déplace et avale tout ce qu'elle trouve sur son passage. Elle aime aussi nager dans les filets d'eau qui coulent le long du bois. Puis, devenu vieille et fatiguée, elle se fixe quelque part et durçit en une petite boule orange, qui ressemble à un bubble-gum.

Pourquoi y a-t-il des steaks qui poussent sur les arbres en forêt ?

Ces gros steaks rouges et sanguinolents sont des champignons qu'on appelle langue-de-bœuf.

S'ils poussent sur les arbres, c'est qu'ils sont en train de les manger. Ils pénètrent dans le tronc par une entaille et rongent le bois à l'intérieur. L'arbre, affaibli, finit par casser au moindre coup de vent.

Comment les champignons capturent-ils des insectes ou des vers ?

Certains champignons sont carnivores. Comme ils ne peuvent pas courir, ni voler ils ont trouvé des trucs de génie pour capturer leurs proies. Certains ont des filaments enduits de glu forte

Quelques champignons des bois : 1. cèpes - 2. pieds-de-mouton - 3. Trompettes-des-morts.

sur laquelle l'insecte se colle, d'autres ont des sortes de boutons adhésifs qui marchent comme du Velcro : les insectes se font scotcher ! Le dactylaria est encore plus méchant : il a des anneaux qui peuvent s'ouvrir et se resserrer à volonté. Il suffit qu'un ver passe à travers pour qu'il se fasse étrangler.

Comment la truffe tue-t-elle le chêne à petit feu ?

La truffe est un champignon souterrain qui vit sur les racines du chêne. Elle lui fait perdre ses poils absorbants et l'étouffe de ses filaments. Le chêne meurt de soif et devient tout rabougri. À ses pieds, l'herbe est rase et se fait rare, car la truffe dévore toutes les bonnes choses du sol sans en laisser au chêne !

Comment les champignons sont-ils essentiels à la vie des autres plantes ?

Ce sont eux qui fabriquent l'humus où poussent les plantes, en dégradant et digérant tout ce qui recouvre le sol : les feuilles mortes, les bouts d'écorce, les squelettes d'insectes morts... Sans champignons, la terre serait couverte d'une couche de détritus où rien ne pourrait pousser.

INCROYABLE !

- Une vesse-de-loup peut produire 7 000 milliards de spores en une saison. (Voir p.103.)

Les plantes primitives

- *Les premiers végétaux à quitter la mer pour conquérir la Terre furent les lichens et les mousses, il y a 450 millions d'années, puis les fougères, et enfin des arbres primitifs dont il nous reste aujourd'hui deux espèces fossiles, le cycas et le ginkgo.*
- *Il y a 250 à 380 millions d'années, la Terre était couverte de forêts de fougères géantes, mesurant plus de 40 m de haut.*
  Aujourd'hui, il n'existe plus que 10 000 espèces de fougères. La plus grande pousse sur l'île de Norfolk dans le Pacifique. Elle fait 25 m de haut.

Pourquoi le lichen est-il une plante très spéciale ?

Le lichen est constitué d'une algue et d'un champignon. L'algue se charge de la cuisine, en faisant la photosynthèse.
Le champignon empêche l'algue de se dessécher à l'air libre. C'est un mariage réussi ! Car ensemble ils s'installent là où aucune autre plante ne survit.

Pourquoi est-ce mauvais signe quand il n'y a plus de mousse sur les murs des villes ?

C'est que l'air est trop pollué. La mousse n'a pas de trous sur ses feuilles : elle ne transpire pas. Elle ne peut donc pas éliminer les substances toxiques qu'elle absorbe et meurt quand elle est dans un endroit pollué...

Comment les mousses font-elles pour vivre dans des endroits sombres ?

Elles ne sont pas gênées par le manque de lumière, car elles ont, sur leurs tiges, de petites loupes qui attrapent et concentrent le moindre rayon de soleil.

Comment la mousse fait-elle pour vivre sans racines ?

La mousse fait comme l'éponge : elle se gorge de l'humidité de l'air, en absorbant l'eau par toute sa surface. Grâce à cela, elle a pu coloniser les terres arides, après les lichens. Si l'air devient plus sec, la mousse s'endort et se réveille à la première pluie.

Il existe 10 000 espèces de fougères dans le monde !

Comment les fougères se reproduisent-elles ?

Les fougères ne sont ni garçons ni filles. Pour faire des bébés, elles libèrent des petites graines jaunes sous leurs feuilles. Ces graines tombent à terre, germent et donnent une plante en forme de cœur, le prothalle.

Cette jolie plante produit à son tour des graines, dont certaines sont des filles et d'autres des garçons. Pour rejoindre les filles, les garçons doivent trouver une goutte d'eau et glisser dessus comme un surfeur. Sans eau, pas de bébés. C'est du sport !

Comment les fougères ont-elles inventé le bois ?

Quand les fougères sont nées, il y a 350 millions d'années, la Terre était entourée d'un épais brouillard. En cherchant la lumière, les fougères se sont mises à grimper, grimper... Pour ne pas se casser, elles ont entouré leur tige de bois et se sont ancrées dans le sol avec des racines. Elles ont aussi inventé les vaisseaux conducteurs de sève et les feuilles percées de trous. En résumé, la plante moderne !

INCROYABLE !

- Le ginkgo, qui a des feuilles en forme d'éventail, vivait déjà au temps des dinosaures. En Chine, il en existe un qui a plus de 3 000 ans.

Les fleurs

Les plantes à fleurs sont apparues il y a 100 millions d'années, à l'époque des dinosaures.

La fleur est un organe de reproduction. Elle se compose, à la base, d'un petit calice vert, formé de languettes, les sépales : et au-dessus, d'une corolle de pétales. Dans la fleur, il y a de petites antennes : ce sont les étamines. Elles produisent le pollen mâle. Au centre, il y a un long tube : le pistil femelle, qui reçoit le pollen. Pour être pollinisée, la fleur a besoin des insectes ou des oiseaux... et elle a plus d'une ruse pour les attirer.

Pourquoi les fleurs sentent-elles bon ?

Pour attirer les insectes. Les fleurs à papillon, comme la marjolaine, s'épanouissent toujours à la fin de l'été, quand ces insectes sont les plus nombreux. Mais il y a aussi des fleurs qui sentent très mauvais : elles sont sûres d'attirer les mouches.

Pourquoi les fleurs fanent-elles ?

Une fois qu'elle a été pollinisée, la fleur ne sert plus à rien. La plante, qui la nourrissait jusqu'alors par la tige, lui coupe l'arrivée de sève. La fleur meurt de soif et se dessèche.

Comment la fleur de marronnier imite-t-elle le feu rouge ?

Les fleurs de marronnier portent deux taches jaunes au bas de la corolle pour attirer les insectes. Quand la fleur est pollinisée, plutôt que de se faner, elle change de couleur : de jaune, les taches virent au rouge. Ne pouvant voir le rouge, les insectes arrêtent leurs visites !

Comment les fleurs évitent-elles de faire des bébés toutes seules ?

Puisque, dans une même fleur, il y a des étamines chargées de pollen et un pistil qui ne demande qu'à en recevoir, les fleurs devraient se polliniser elles-mêmes et ne pas avoir besoin des insectes. C'est possible, en effet, mais la plante perd alors de sa vigueur. Pour éviter cela, les fleurs ont inventé des trucs. Le plus sophistiqué est celui de l'avocatier : le matin, sa fleur s'ouvre et produit du pollen, mais elle ne peut pas en recevoir. À midi pile, elle se ferme. Quand elle s'ouvre à nouveau l'après-midi, elle reçoit le pollen mais n'en produit plus. D'autres fleurs, à côté, ont les horaires inverses. Sérieux, ces avocats !

Pourquoi la marguerite n'est-elle pas une vraie fleur ?

La marguerite n'est pas une fleur, mais plus de mille réunies ! Chaque pétale blanc est une fleur à part entière, qui a la forme d'une langue. Tous les petits tubes jaunes du cœur sont aussi des fleurs minuscules. En se regroupant, ces fleurs ont pensé qu'elles offraient un meilleur terrain d'atterrissage aux insectes. On les appelle des inflorescences.

Pourquoi les fleurs sont-elles colorées ?

Pour attirer les animaux porteurs de pollen. Chacun a sa couleur préférée.
Les abeilles, qui ne voient pas le rouge, aiment le blanc des fleurs du cerisier et le bleu de la pensée, dont les rayures noires sont comme des flèches pointant vers le cœur de la fleur et disant : « c'est par là l'entrée. »
À l'inverse, les oiseaux sont comme les taureaux : ils adorent le rouge !
Le coquelicot, lui, mise sur tous les tableaux : il est rouge, mais il émet aussi des rayons ultraviolets invisibles pour l'homme, dont les abeilles raffolent...

INCROYABLE !

- La plus grosse fleur du monde est celle du rafflesia, qui pousse dans la jungle. Elle fait 1 m de large, pèse 7 kg et son odeur est épouvantable !

Pourquoi la céropégie est-elle le cauchemar des pucerons ?

La céropégie a une forme de bouteille. Elle exhale un parfum merveilleux au sommet de petits poils. Alléchés, les pucerons voient les poils et les confondent avec d'autres pucerons. « Allons les rejoindre », se disent-ils, et plouf, ils tombent dans la bouteille. Au fond, aucun nectar ne les attend. Les pucerons essaient de remonter, mais des poils (encore !) leur bloquent le passage. Beaucoup meurent de faim et de soif. Les survivants ne pourront s'échapper qu'une fois la fleur fanée, plusieurs jours après.

Comment l'hibiscus fait-il la toilette au colibri ?

Le colibri n'aime pas plonger dans les fleurs la tête la première, comme les insectes. Il préfère y glisser son long bec et rester à distance. L'hibiscus s'est donc fabriqué de très longues étamines, qui jaillissent de sa corolle comme des plumeaux. Il a aussi un immense pistil en forme de brosse. Quand le colibri vient boire, les étamines lui caressent le dos et y dispersent le pollen. Le pistil lui lisse ensuite les plumes pour tout ramasser.

Comment l'aristoloche joue-t-elle à la chambre d'hôtel ?

Chaque soir, l'aristoloche du Brésil émet une affreuse odeur de poisson pourri et les mouches arrivent en masse. Pour leur faciliter l'accès, un des pétales de l'aristoloche s'est allongé et évoque une piste d'atterrissage. Au bout de la piste, il y a un trou. Les mouches tombent dedans et se retrouvent enfermées dans la fleur, ronde comme une bulle. Elles y passent la nuit. Au matin, la fleur se flétrit et les mouches, chargées de pollen et bien reposées, reprennent leur vol.

Colibri glissant son bec dans une fleur d'hibiscus.

Comment l'arum fait-il du moucheron un ivrogne ?

L'arum sécrète des gouttelettes d'huile le long des parois de sa fleur en forme d'urne. Les moucherons glissent sur l'huile et tombent au fond de l'urne. Là, en se débattant, ils déposent le pollen qu'ils avaient pris avant sur

une autre fleur. L'arum, satisfait, les récompense en leur offrant une lichette de nectar. Pendant qu'ils sont occupés à boire, il les saupoudre de pollen puis les laisse repartir en zigzagant vers un autre arum...

Pourquoi, chez la sauge, faut-il frapper avant d'entrer ?

La sauge est dotée d'un drôle de mécanisme. Quand une abeille veut boire le nectar de sa fleur violette, elle doit d'abord pousser de la tête un petit portillon. Tandis que la fleur s'ouvre, les étamines basculent pour venir déposer le pollen sur le dos de l'abeille, penchée sur son festin et qui ne s'aperçoit de rien.

Pourquoi l'héliconie fait-elle de l'élevage de moustiques ?

L'héliconie, ou bananier sauvage, pousse dans les marais. Ses grandes fleurs rouges en forme de barques recueillent l'eau de pluie et servent de nids idéals pour les moustiques. Les colibris le savent bien et viennent y croquer du moustique, pendant que l'héliconie les poudre de pollen.

INCROYABLE !

- La plus grosse inflorescence du monde est celle du puya d'Amérique du Sud. Elle peut mesurer 10 m de haut.

Les graines

- *Haricot, cacahuète, grains de blé ou de café, mais aussi châtaigne, gland, noix de coco... tous sont des graines.*

- *Toutes les graines sont composées de trois mêmes parties :*
- le tégument, l'enveloppe de la graine. Il peut être fin comme chez le haricot, ou épais et solide comme chez la noix de coco.
- l'embryon, minuscule, caché au cœur de la graine, et qui a la forme d'un bébé plante.
- l'albumen, qui consitue la chair même de la graine et n'est en fait rien qu'une réserve de nourriture où puise l'embryon au moment de germer.

Comment la graine se conserve-t-elle ?

La graine est une sorte de morte-vivante. Elle ne mange pas, ne respire pas et vit comme une momie, complètement desséchée. Ça lui permet de ne pas pourrir. Pour se protéger des insectes qui pourraient les grignoter dans le sol, certaines graines - comme celle du coton, fabriquent même des insecticides ; d'autres des antibiotiques contre les maladies : ce sont eux qui donnent ce goût amer à l'amande ou au noyau de l'abricot.

Pourquoi les grains de blé moulus sont-ils mauvais pour les bébés ?

Le grain de blé est prévoyant : en plus de son albumen bourré de sucre, il s'est équipé de petites boules de protéines (des sortes de boulettes de viande) qui sont situées juste sous sa peau bien dure. Ces boulettes s'appellent le gluten. Les bébés, qui ont un petit estomac, n'arrivent pas à digérer le gluten. Nous, on l'adore, car c'est ce qui donne son moelleux au pain !

Pourquoi le séquoia attend-il l'incendie pour germer ?

Seule la chaleur du feu peut faire craquer les cônes solides qui emprisonnent ses graines. En plus, le feu, en brûlant les vieux arbres de la forêt,

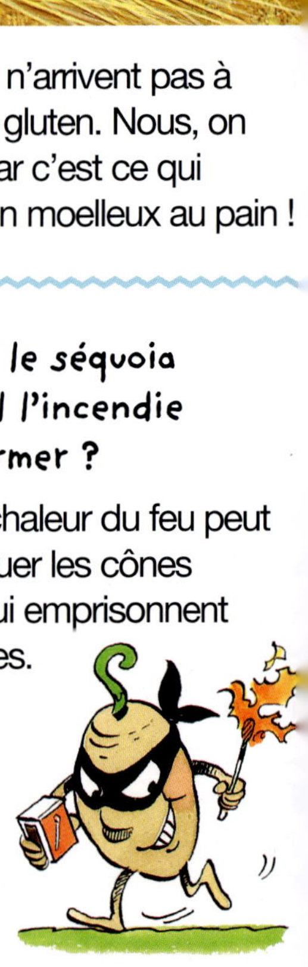

Champ de blé au temps de la moisson.

libère de la place pour les nouveaux et couvre le sol de cendres fertiles. Tout est donc bien qui finit bien.

Pourquoi le souci mérite-t-il bien son nom ?

Parce qu'il se fait beaucoup de souci pour l'avenir de ses graines. Pour être sûr qu'elles germent bien, il fabrique d'ailleurs trois sortes de graines.
Des graines lourdes qui tombent au pied de la plante.
Des graines légères qu'il propulse au loin à l'aide de petits arcs. Et des graines ailées qui peuvent faire de longs voyages.

Pourquoi les graines ne germent-elles pas pendant l'hiver ?

Elles attendent la douceur du printemps pour germer. Mais ce n'est pas la chaleur qui les décide : sans cela, il suffirait d'un redoux de février pour les voir pointer le bout du nez... et mourir gelées deux jours après. En fait, les graines voient, et même très bien : elles savent faire la différence entre la lumière rouge foncé de l'hiver, quand le soleil est bas sur l'horizon, et la lumière rouge clair du soleil vif de mai.

Pourquoi la cacahuète fait-elle grossir ?

La cacahuète est une drôle de graine. Son embryon vorace a mangé, avant même de naître, toutes ses réserves d'énergie. Du coup, l'albumen a disparu, le tégument s'est aminci au point de devenir une petite peau qu'on froisse, et l'embryon est devenu une boule dodue... très riche en calories !

INCROYABLE !

- Les graines du lupin du Canada peuvent attendre 10 000 ans, gelées dans le sol, avant de germer. Plus que les graines de lotus, qui ne patientent que 2 000 ans !

Le voyage des graines

- *Les graines sont de véritabes globe-trotters. Elles sautent, volent, nagent, rampent, s'accrochent... et se font même manger. Tout cela pour aller plus loin. En effet, les graines germent beaucoup mieux à la lumière, sur des espaces dégagés, qu'à l'ombre de la plante qui les a fait naître.*
- *Pour se déplacer loin de leur mère, certaines graines ont des ailes, d'autres sont entourées de duvet blanc pour mieux flotter dans l'air, d'autres encore ont des espèces de harpons qui s'accrochent aux chaussettes quand on les frôle.*

Comment les graines volent-elles ?

Elles se font pousser des ailes, comme les graines d'érable, se munissent d'un parachute, comme le pissenlit, se fabriquent des pales d'hélicoptère, telle la graine du laquier. Elles se prennent pour des anges, telles les graines chevelues du cotonnier, ou pour des oiseaux, comme la graine plumeuse de la clématite. Elles font même du tapis volant, comme les graines à gros plumeaux de l'herbe de la pampa.

Comment le géranium se sert-il d'un lance-graines ?

Les graines du géranium pendent au bout de petites tiges, autour d'un mât central. À l'approche de l'été, quand la pluie se fait plus rare, les petites tiges sèchent et se replient comme des arcs. Quand les graines sont mûres, ces petits arcs se déplient brusquement et éjectent les graines comme des boulets.

Comment le nénuphar utilise-t-il un airbag ?

Quand le fruit du nénuphar mûrit, il se détache et tombe au fond de l'eau. Là, en pourrissant, il libère ses graines qui sont équipées d'un petit coussin d'air : flop ! elles remontent à la surface et se mettent à dériver au gré du courant. Plus tard, plus loin, éraflé par un poisson ou un bout de bois, l'airbag se dégonflera et la graine coulera à nouveau, pour germer cette fois.

Pourquoi le cocotier pousse-t-il sur les îles désertes ?

Grâce à sa noix de coco, capable de flotter sur des milliers de kilomètres et d'atteindre les rivages les plus isolés. La noix de coco est lourde, mais elle est creuse comme une bouée ; sa chair fibreuse, qui se râpe si facilement, est pleine d'air et sa coque est imperméable. Quand la noix de coco arrive sur une plage, elle se sert de son lait bien gras pour germer et grandir dans le sable stérile.

Dans certaines îles du Pacifique, la tradition veut que l'on plante un cocotier pour la naissance d'un enfant.

Pourquoi le pavot ne manque-t-il pas de sel ?

Les graines du pavot sont fines comme de la poussière. La capsule de sa fleur est toute ronde et percée de trous sur le dessus. Dès qu'une brise l'agite, elle est secouée et elle saupoudre les prés de milliers de petites graines. C'est en observant un pavot que l'Américain R. H. Francé a inventé la salière au début du XXe siècle.

INCROYABLE !

- Un cocotier peut vivre 100 ans et donner 450 noix de coco chaque année !
- Les fibres qui entourent sa graine servent à fabriquer des filets de pêche.

Comment l'orge rampe-t-elle ?

L'orge, comme la plupart des céréales, est munie de longues pointes autour de l'épi, appelées « barbes ». Mais elle a un truc en plus : sur ses barbes se dressent de minuscules écailles orientées vers le haut. Un jeu un peu cruel consiste à glisser un épi d'orge dans la manche de son copain. Plus il se grattera, plus l'épi remontera le long de son bras, grâce à ses écailles. Sur le sol, c'est pareil : l'orge rampe !

Comment le gui monte-t-il aux branches ?

Le gui a de belles baies joufflues qui semblent appétissantes mais qui sont très visqueuses. Elles collent au bec des oiseaux comme du chewing-gum. Pour s'en débarrasser, les oiseaux frottent leur bec contre les branches et y écrasent les baies. Les graines, en germant, percent l'écorce de l'arbre et se nourrissent de sa sève comme des vampires.

Pourquoi l'if joue-t-il au Chaperon rouge ?

Les graines de l'if sont coiffées d'un petit chapeau rouge : l'arille. La chair sucrée de l'arille attire les merles, mais la graine au goût amer les rebute. Leur grand sport est donc de manger l'arille sans toucher à la graine. Les merles sont plutôt maladroits : en essayant de détacher des bouts d'arille, ils donnent de gros coups de bec à la graine, qui n'attend que ça pour germer !

Comment la violette est-elle semée par les fourmis ?

La violette aussi recouvre ses graines d'un arille sucré. Les fourmis en sont très friandes. Elles les ramassent pour les rapporter au nid. Mais les arilles leur font tellement envie qu'avant même d'avoir atteint la fourmilière les fourmis craquent et les dévorent comme des goulues, en laissant tomber les graines de tous les côtés.

Comment la griffe du diable sème-t-elle la tempête ?

Ce buisson épineux qui pousse en Afrique du Sud cache ses graines dans une coque munie de deux longs harpons recourbés et pointus. Cette coque tombe au sol et attend qu'un animal mette la patte dessus pour s'enfoncer dans son pied. La pauvre bête, piquée comme par un aiguillon, se met à galoper et à se débattre. Les secousses libèrent les graines, mais la griffe, elle, reste accrochée... à jamais.

Comment les oiseaux font-ils le nid des plantes ?

Le gui est une plante parasite qui se développe uniquement sur les arbres et les arbustes.

Certaines plantes recouvrent leurs graines de beaux fruits rouges qui attirent les oiseaux. Ceux-ci dévorent les fruits et les graines se retrouvent dans leur estomac. Là, elles sont secouées dans tous les sens par la digestion et perdent leur enveloppe coriace. Puis elles ressortent avec le caca de l'oiseau, qui leur fait un très bon engrais !

INCROYABLE !

- Les gousses de graines de l'Entada gigas, une plante tropicale, sont les plus grandes du monde : elles mesurent 1,50 m de long et dérivent comme des radeaux à travers l'Atlantique.

Les fruits

- *Chez toutes les plantes à fleurs, les graines sont enfermées dans des fruits. Le fruit sert à protéger la graine, mais souvent aussi à attirer les animaux, grâce à sa couleur vive et à sa chair juteuse et sucrée. Il existe 4 sortes de fruits :*
  - la drupe, fruit charnu qui contient une seul graine (abricot, cerise) ;
  - la baie, fruit charnu contenant plusieurs graines (raisin, kiwi) ;
  - l'akène, fruit sec possédant une seule graine (noisette) ;
  - la gousse, fruit sec qui renferme plusieurs graines (petit pois, vanille).
- *Le fruit le plus nourrissant est l'avocat*

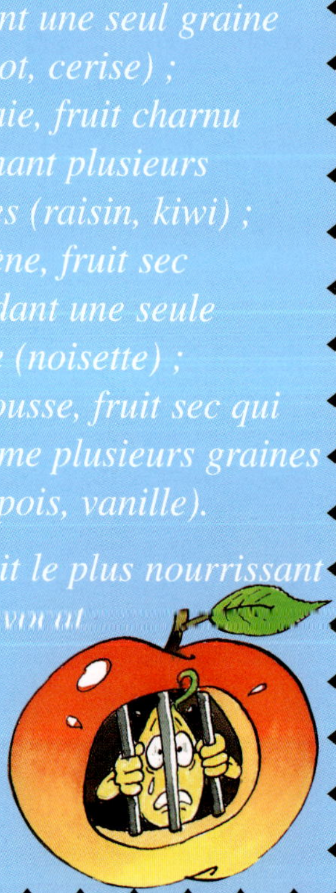

pourquoi est-il faux de dire que la fraise est un fruit ?

Ouvre une fraise : il n'y a pas de graines dedans. Par contre, tu remarqueras tous ces petits grains verts disséminés à la surface. Ce sont eux, les vrais fruits. La fraise n'est qu'une « infrutescence » : une fleur transformée.

pourquoi l'ananas (1) a-t-il une forme si bizarre ?

L'ananas est la transformation d'une tige entière de l'arbre : la touffe de feuilles qui le surmonte le trahit, c'est celle qui poussait au bout de la branche. L'ananas a une autre originalité : il porte ses graines sur ses écailles, à l'extérieur. C'est donc lui aussi un faux fruit.

1

pourquoi la pomme (3) est-elle aussi un faux fruit ?

Elle contient des pépins, pourtant ! Oui, mais dans le trognon : c'est lui, le vrai fruit, qu'on ne mange jamais.

La chair de la pomme n'est que l'enveloppe du fruit, la peau si l'on veut. Au fur et à mesure de l'évolution,

2

3

les plantes ont eu tendance à protéger de plus en plus leurs graines. Comme chez les êtres humains, où les enfants restent de plus en plus longtemps chez leurs parents.

Pourquoi les pépins ne germent-ils pas dans le fruit ?

C'est à cause du jus du fruit : il contient des substances acides qui bloquent la germination. En plus, il y a tellement de sucre dans le fruit que les pépins n'arrivent pas à s'imbiber d'eau.

Dans la pomme, le vrai fruit, c'est le trognon, car c'est là que se trouvent les pépins.

Pourquoi la pêche (2) a-t-elle un noyau si dur ?

C'est pour mieux protéger sa graine. Le noyau de la pêche, de l'abricot ou de la cerise est fait de vrai bois. S'ils s'y attaquent, les oiseaux

risquent bien de s'y casser le bec. D'autres plantes préfèrent les familles nombreuses. Elles fabriquent plein de petites graines dégourdies plutôt qu'un gros noyau lourdaud. Elles savent, dirait-on, que les oiseaux n'ont qu'un tout petit gésier et ne peuvent pas broyer toutes ces graines.

En plus, si leur fruit n'est pas mangé et se met à pourrir, les pépins sont libérés beaucoup plus rapidement !

Pourquoi, dans la cave, tous les fruits mûrissent-ils en même temps ?

Ils se passent le mot ! Les pommes et les poires, qu'on entrepose souvent dans les caves en hiver, émettent des gaz en mûrissant. Si l'on pose des bananes toutes vertes à côté d'elles, elles perçoivent ces gaz et se dépêchent de jaunir.

INCROYABLE !

- Les fruits les plus gros sont ceux de l'arbre à pain : ils pèsent 40 kg et ont vraiment le goût du pain.

Les arbres

- *Les arbres sont des plantes plus grandes que les autres, et qui vivent plus longtemps. Un arbre véritable doit mesurer plus de 7 m de haut. Au-dessous de 7 m, c'est un arbuste. Les arbres qui ne font que quelques mètres et possèdent plusieurs petits troncs (comme le noisetier) sont des arbrisseaux.*
- *On distingue les arbres à feuilles caduques, qui perdent leurs feuilles à l'automne, et les arbres à feuilles persistantes, qui les gardent.*
- *Le chêne peut mesurer 40 m de haut. Il atteint l'âge adulte à 50 ans. Certains vivent très vieux : entre 2 000 et 4 000 ans.*

Comment les feuilles jaunissent-elles ?

Les feuilles sont rattachées à la branche par une petite tige : le pétiole. Quand l'automne arrive, l'arbre recouvre le pétiole de liège. La feuille est comme étouffée, privée de sève. Sans eau, elle ne peut pas faire la photosynthèse. Elle jaunit.

Pourquoi l'écorce des arbres pèle-t-elle ?

Le tronc des arbres n'arrête pas de grandir et de s'élargir. L'écorce qui l'habille devient forcément trop étroite, elle craque et part en grands lambeaux. Le palmier est le seul arbre à ne pousser qu'en hauteur. Son tronc, tout fin, ne pèle jamais.

Comment lit-on l'âge d'un arbre ?

Tu le sais, il suffit de compter les cernes du bois. Mais attention, une année égale deux cernes. Le cerne clair correspond au bois qui pousse au printemps, tendre et riche en petits vaisseaux de sève. Le cerne foncé marque le bois qui a poussé à la fin de l'été, plus fibreux. Les cernes ont une taille différente selon les années : les cernes étroits indiquent

Dans une forêt de France, des hêtres appelés « faux de Verzy » ont le tronc tordu dans tous les sens. Ils rampent même au sol.

les années de sécheresse, quand l'arbre a eu du mal à pousser.

Pourquoi les feuilles de la plupart des arbres tombent-elles en automne ?

Dans un sol froid, l'eau circule lentement et l'arbre doit fournir de gros efforts pour la pomper par ses racines. Il décide donc de faire des économies d'eau pendant l'hiver. Le meilleur moyen pour cela, c'est de faire tomber ses feuilles, qui transpirent et demandent beaucoup d'eau.

Pourquoi peut-on dire que le tronc d'un arbre est mort-vivant ?

Le bois vivant est pris en sandwich entre deux parties de bois mort. Le liège (l'écorce de l'arbre) est du bois mort qui protège le tronc. Il est imprégné d'une substance amère, le tannin, qui fait mourir les microbes. Sous le liège, il y a l'aubier : le bois vivant, où passent les vaisseaux qui conduisent la sève. Sous l'aubier, il y a le duramen : encore du bois mort, très dur, qui sert de colonne vertébrale à l'arbre.

Pourquoi les fleurs des arbres sont-elles si discrètes ?

Beaucoup d'arbres se contentent du souffle du vent pour disperser leur pollen. Leurs fleurs n'ont donc pas besoin d'attirer les insectes et n'ont ni pétales ni parfum. On les appelle des « chatons ».

Certains arbres portent des chatons mâles, d'autres des femelles. Les chatons mâles sont assez reconnaissables : longs et pendants, ils produisent beaucoup de pollen : 40 millions par chaton de châtaignier !

INCROYABLE !

- Seul 1 gland sur 1 million devient chêne.
- Un grand arbre boit 500 l d'eau par jour en été.
- Le saule nain mesure entre 10 et 20 cm.

Les conifères

- *Les conifères sont apparus il y a 280 millions d'années, avant tous les autres arbres. On compte parmi les conifères les plus grandes plantes et celles qui vivent le plus longtemps.*
- *Les conifères sont appelés des gymnospermes, du grec « sperma », graine, et « gymnos », nu, car leurs graines ne sont pas protégées par un fruit. Il existe 750 espèces de conifères.*
- *La forêt de conifères de la taïga, qui entoure le cercle polaire du Canada à la Sibérie, représente 1/3 de la surface boisée de la planète.*

pourquoi les conifères ont-ils une forme de pyramide ?

Pour résister au poids de la neige qui tombe à gros flocons dans les régions où ils poussent. Ainsi, elle glisse par terre, sans s'accumuler trop sur leurs branches.

pourquoi entend-on souvent des craquements dans les forêts de pins ?

Ce sont les pommes de pin qui craquent. Dès qu'il fait un peu chaud, en été, le cône serré de la pomme de pin explose de l'intérieur.
Les écailles s'écartent et les graines sont libérées.
D'ailleurs, tu ne ramasses jamais de pommes de pin au printemps : il ne fait pas encore assez chaud.

pourquoi l'araucaria fait-il le « désespoir des singes » ?

À cause de ses feuilles, larges, épaisses, mais dont les bords sont tranchants comme des lames de rasoir. Le singe qui voudrait y grimper serait vite transformé en saucisson en tranches.
Le « désespoir des singes » est le surnom de l'araucaria.

Les forêts de conifères sont présentes dans les régions montagneuses.

pourquoi les conifères portent-ils des aiguilles plutôt que des feuilles ?

Les conifères sont des arbres qui poussent sur des terres sèches, dans des régions chaudes ou au contraire très froides. Ils se sont donc fabriqués des feuilles économiques, les aiguilles. Longues et étroites, elles perdent moins d'eau en transpirant. Elles sont recouvertes d'une substance cireuse, qui les protège de la neige et du froid. Flexibles, elles ne craignent pas non plus le souffle du vent.

pourquoi faire la différence entre un sapin et un épicéa ?

On les confond souvent. Le « sapin de Noël », par exemple, est un épicéa. Pour les distinguer, il faut regarder les aiguilles. Celles du sapin sont vert-bleuté et disposées bien en rang de chaque côté des rameaux, comme les

dents d'un peigne. Celles de l'épicéa poussent dans tous les sens en spirale autour du rameau et sont aussi plus sombres. Ce sont elles qui ont donné son nom à la Forêt Noire, en Allemagne.

pourquoi le mélèze est-il le seul conifère à perdre ses feuilles ?

Le mélèze est un conifère qui peut vivre jusqu'à une très haute altitude en montagne. Pour résister au froid, à la neige et au vent, il a trouvé un système : il se coupe du monde. En septembre, ses aiguilles tombent. Plus rien ne le relie alors au monde extérieur. Bien au chaud dans son tronc, le mélèze passe l'hiver sans souci.

INCROYABLE !

- Certains conifères ont une très longue vie : comme les pins bristlecones qui vivent à plus de 3 000 m d'altitude et dont le record de longévité est de 5 100 ans.

Les armes des plantes

Pour se défendre, les plantes, qui ne peuvent ni attaquer ni fuir, se sont fabriqué des armes très particulières. On connaît les épines de la rose et les piquants du chardon, la brûlure de l'ortie et le poison de l'if. D'autres plantes, moins connues, ont conçu des statagèmes encore plus redoutables.

Le poison le plus répandu chez les végétaux est le cyanure, qui bloque la respiration. Il y en a dans le laurier-rose, les amandes amères, le noyau des cerises, des pêches et des abricots.

Pourquoi la ronce est-elle si piquante ?

La ronce s'étend sur le sol des sous-bois en faisant pousser ses tiges comme de longues tentacules. Les épines qui couvrent ses tiges servent à chasser toutes les plantes qu'elle trouve sur son passage et à mieux se frayer un chemin vers la lumière.

Comment le trèfle empêche-t-il les brebis d'avoir des petits ?

En Australie, il y a beaucoup de moutons. Beaucoup trop pour le trèfle qui en a assez de se faire brouter et rebrouter. Il a donc concocté dans ses feuilles une substance, la génistéine, qui a le pouvoir de rendre les brebis stériles. Plus elles en mangent, moins elles ont de petits... et plus il y a de trèfle à manger.

Comment les acacias affament-ils les antilopes ?

Dès qu'une antilope commence à s'attaquer aux feuilles d'un acacia, l'arbre émet un gaz qui se répand aux alentours. Ses voisins captent le message et bourrent aussitôt leurs feuilles de tannins amers, très indigestes, qui donnent aux antilopes de violents maux d'estomac. Elles le savent bien et préfèrent alors se passer de repas. Certaines antilopes se laissent même mourir de faim plutôt que de toucher au détestable acacia.

Pourquoi il nous en cuit-il de toucher une ortie ?

L'ortie est poilue, on le sait. Ce qu'on sait moins, c'est que chacun de ses poils fonctionne comme une petite seringue : ils sont creux et contiennent un liquide qui brûle la peau. La paroi du poil est faite de verre. Dès qu'on frôle le poil, le verre se brise et le liquide se répand. Aïe ! aïe ! aïe !

Comment la Passiflore fait-elle la guerre aux chenilles ?

Le papillon heliconius aime pondre ses œufs sur la Passiflore car celle-ci a des feuilles tendres qui font le régal de ses chenilles. Mais la Passiflore a décidé de ne pas se laisser faire. Elle sécrète le long de ses tiges et sous ses fleurs un nectar très sucré, « spécial fourmi ». Les fourmis accourent, s'installent sur la plante et en font leur chasse gardée. D'autres Passiflores sont plus cruelles : elles garnissent leurs feuilles de petits poils pointus et recourbés. La chenille, en sortant de l'œuf, n'a pas fait un pas qu'elle se retrouve empalée.

La Passiflore fait tout pour que le papillon heliconius ne ponde pas ses œufs sur ses feuilles.

Pourquoi les crucifères ont-elles la moutarde qui leur monte au nez ?

Les crucifères sont de petites fleurs à quatre pétales en forme de croix qui semblent elles aussi très appétissantes. Pour se défendre des brouteurs, elles fabriquent un produit qui brûle la gorge, la sinigrine. Ça marche avec tout le monde... sauf avec nous : c'est avec cette substance qu'on fait la moutarde !

INCROYABLE !

- Entre 5 à 10 noyaux de pêche seulement peuvent être fatals à un enfant.

Comment la cardère noie-t-elle les limaces ?

Les feuilles de la cardère sont réunies par paire et soudées à la base, de manière à former de profondes coupes où l'eau de pluie s'accumule. On la surnomme d'ailleurs pour cela le « cabaret aux oiseaux ». Mais les limaces,

les escargots et les petits insectes sont moins à la fête : en essayant d'escalader la plante pour aller grignoter ses feuilles les plus tendres tout en haut, ils tombent dans les coupes et s'y noient. À votre santé, les oiseaux !

Comment le mimosa fait-il le timide ?

Le mimosa n'a ni poison, ni épines, ni poils qui font mal pour se défendre. C'est un sensible. Dès qu'on frôle ses feuilles, il les replie les unes contre les autres, comme des ailes de papillon. Impossible d'y pondre ou de les grignoter. C'est l'arme et le charme de la timidité.

Pourquoi le noyer pousse-t-il toujours tout seul ?

Il n'y a pas un chat, et surtout pas une plante, à l'ombre d'un noyer. C'est que cet arbre, très jaloux de sa tranquillité, concocte une substance dans ses feuilles, la juglone, qui a le pouvoir d'empêcher la germination des autres plantes. Quand il pleut, le poison est entraîné par l'eau qui tombe sur les feuilles jusqu'au sol, où il contamine la terre. C'est un voisin pas commode que le noyer !

Comment le cecropia loge-t-il les fourmis ?

Beaucoup de plantes font un pacte avec les fourmis pour se défendre. Pour les attirer, le cecropia, un arbre des régions tropicales, est devenu une vraie maison à fourmis. Il les appâte d'abord avec un liquide sucré qui suinte partout sur ses branches. Les fourmis, en trottinant sur l'arbre, découvrent de petits trous qui mènent à l'intérieur des branches qui sont creuses et séparées par des cloisons. Les fourmis y aménagent donc des pièces : ici la nurserie, là la cuisine, ailleurs le grenier... En plus, les cloisons sont percées d'un trou permettant aux fourmis de circuler de pièce en pièce sans mettre le nez dehors. Gare à l'animal importun qui vient frapper à leur porte ! Un seul ne craint pas la morsures des terribles fourmis : le paresseux, grand dévoreur de cecropia.

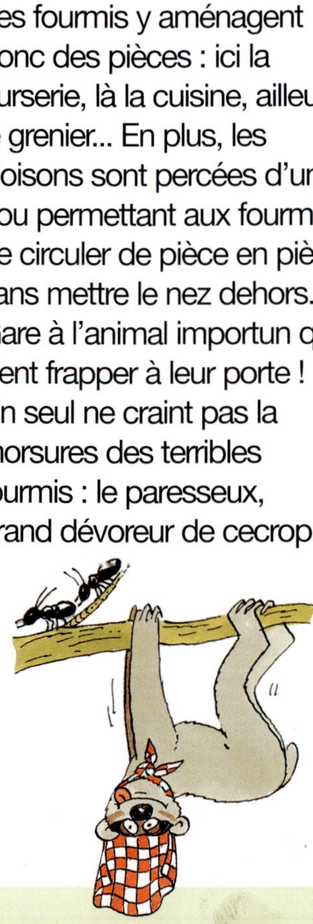

Branches de mimosa en fleur.

Pourquoi le chêne gonfle-t-il ses glands ?

De nombreux insectes pondent leurs œufs dans les feuilles du chêne, pour qu'ensuite leurs larves se nourrissent des glands et des feuilles de l'arbre. Mais le chêne est un malin : il entoure ses glands d'une galle, une sorte de grosse carapace rouge bourrée de bonnes choses dont les larves se régalent et se goinfront. Le chêne a perdu un gland, mais a sauvé ses feuilles.

Comment l'acacia d'Amérique se protège-t-il de ses ennemis ?

L'acacia a de grosses épines mais ça ne décourage pas beaucoup les animaux gourmands. Il s'est alors fait une alliée : la fourmi rouge. Il lui offre le gîte, dans ses épines creuses, et le couvert à l'intérieur des épines où se cache une moelle sucrée et délicieuse. L'acacia a aussi à la base de ses feuilles des glandes qui produisent du nectar. L'acacia corne-de-taureau (à cause de la forme de ses épines) cuisine même des boulettes de graisse et de protéines pour ses amies les fourmis.

INCROYABLE !

- La nicotine, produite par le tabac, sert à la plante de poison mortel contre les insectes et les parasites.

Les plantes carnivores

- *Malgré leur terrible réputation, les plantes carnivores sont des plantes comme les autres, qui vivent grâce à la photosynthèse. Elles poussent sur des sols pauvres (sable, rochers, tourbe), qui ne leur fournissent que très peu de vitamines. Pour ne pas dépérir, elles ont donc développé des pièges où tombent de petits animaux.*

- *Les plantes carnivores ne mangent pas les hommes ! Elles ne peuvent digérer que des insectes, de petits lézards, des souris ou des oiseaux.*

Pourquoi la grassette n'est-elle pas toujours goulue ?

La grassette est une plante collante qui enroule lentement ses feuilles sur ses victimes pour les dévorer. Au printemps, elle devient soudain plus aimable et offre aux insectes une fleur pleine de nectar qu'elle place haut sur une tige, loin de ses feuilles dangereuses. Les insectes déposent du pollen sur la fleur et font naître ainsi plein de bébés grassettes qui ne tarderont pas à les croquer !

Pourquoi le drosera brille-t-il ?

Quand on le voit à la lumière, il est couvert de petits poils rouges où perle une gouttelette brillante... et gluante. Les insectes qui y plongent le museau se retrouvent collés comme à une ventouse. Les petits poils, si mignons juste avant, se mettent alors à bouger en se recourbant sur l'insecte pour le digérer.

Comment le népenthès fait-il trébucher ses victimes ?

De belles urnes pendent au bout des tiges du népenthès. Les bords de l'urne sécrètent un nectar délicieux mais ils sont aussi très glissants : dès qu'un insecte s'y pose, il dérape et tombe au fond du cornet... qui n'est rien d'autre qu'un estomac rempli de suc digestif.

Quand le drosera a avalé un insecte, il met plusieurs jours à le digérer.

Comment fonctionnent les mâchoires de la dionée ?

La dionée ressemble à un piège à loup. Ses feuilles, ouvertes comme deux ailes, parfumées et gorgées de nectar, attirent irrésistiblement les insectes. Sur chaque feuille poussent trois poils raides. Si un seul des poils est touché, par une goutte d'eau par exemple, la dionée ne bouge pas. Si deux poils vibrent en même temps, c'est sûrement un insecte : la dionée se referme. Au bord des feuilles se dressent de grandes dents qui s'emboîtent lorsque le piège se rabat.

Comment l'utriculaire aspire-t-elle ses proies ?

L'utriculaire vit dans l'eau. Ses feuilles sont de petites outres, plates et vides au repos. Elles sont percées d'un trou minuscule, entouré de petits poils sensibles. Il suffit qu'un crustacé heurte en nageant un de ces poils pour qu'en 1/500 de seconde l'orifice de l'outre s'élargisse et fasse un brusque appel d'eau.

La proie n'a pas eu le temps de voir ce qui se passe qu'elle est déjà à l'intérieur, en train de se faire digérer !

INCROYABLE !

- Un mammifère de la taille d'un lapereau a été retrouvé un jour dans l'urne d'un népenthès de Bornéo. Il faut dire qu'elle peut mesurer jusqu'à 35 cm de haut.

Les orchidées

- *Les orchidées forment l'une des plus grandes familles de plantes à fleurs. Leurs superbes inflorescences les ont rendues célèbres et recherchées. Apparues très tard dans l'histoire de la Terre, elles sont très évoluées. Elles poussent partout dans le monde : au sol dans les régions tempérées ou en l'air, accrochées aux arbres, dans les forêts tropicales.*
- *L'orchidée a trois pétales. Celui du milieu, qu'on appelle le labelle, est dirigé vers le bas et forme une aire d'atterrissage pour les insectes.*

Comment font certaines orchidées pour pousser en l'air ?

Elles ont des tiges très souples qui se nouent autour des arbres, comme des bras. Leurs racines pendent à l'air libre et ressemblent à de grosses éponges qui boivent l'eau de la brume et de la pluie, fréquentes sous les tropiques.

Pourquoi des orchidées prennent-elles la forme d'insectes ?

C'est le cas de l'ophrys, qui ressemble à une femelle bourdon vue de dos. Elle en a les rayures, les poils, les antennes, les ailes, et elle diffuse même l'odeur de la belle. Le mâle bourdon perd la tête quand il l'aperçoit. Il vient se frotter à la fausse femelle bourdon, et la plante en profite pour le badigeonner de son pollen.

Comment germent les orchidées ?

Il y a deux siècles, quand les explorateurs découvrirent les orchidées, tous les jardiniers voulurent s'en procurer, mais aucun n'arrivait à les faire germer.

Pour pousser, l'orchidée a besoin d'un champignon, qui vit sous terre et pénètre dans ses racines. Ils se nourrissent mutuellement.

Cette belle orchidée, le sabot-de-Vénus, est menacée car trop cueillie.

Pourquoi le sabot-de-Vénus est-il si recherché ?

Cette orchidée jaune citron est la plus belle et la plus grande d'Europe. Tout son charme réside dans la forme de son labelle, qui imite un joli sabot. Juste au-dessus, de petites taches brunes parfumées attirent les bourdons, qui ne tardent pas à dégringoler au fond du sabot.

Pour ressortir, ils sont obligés de se tartiner le ventre du pollen de la fleur, qu'ils iront ensuite déposer dans un autre sabot.

Comment l'orchis voyage-t-il ?

Quand on déterre un orchis, une orchidée commune de nos jardins, on trouve deux gros bulbes sous ses racines. L'un est ferme et lisse, l'autre tout flétri. Chaque année, l'orchis fabrique un nouveau bulbe à côté de l'ancien. Ce dernier se saigne aux quatre veines pour nourrir et faire grandir le jeune bulbe. Il se vide et se fripe, puis disparaît. C'est ainsi que chaque année, l'orchis avance de quelques centimètres. De bulbe en bulbe, il peut faire un sacré bout de chemin !

Comment le catasetum assomme-t-il les bourdons ?

Comme chez beaucoup d'orchidées, le pollen du catasetum est groupé sur deux petites massues, les pollinies, qui se dressent au-dessus de la fleur. Sauf que le catasetum en fait un usage plutôt... sportif. Dès qu'un bourdon se pose sur la fleur, la plante catapulte les massues sur le crâne de l'insecte, qui tombe K. O. et meurt souvent, tant le choc est violent.

INCROYABLE !

- La plus petite graine du règne végétal est celle de l'orchidée dendrobium. Elle pèse 0,000 005 65 g.

Les plantes alimentaires

- *Les céréales sont les plus répandues des plantes alimentaires. Le blé est cultivé par l'homme depuis 9 000 ans. Le riz, qui nourrit 1/3 de la population sur la Terre, est produit depuis 4 000 ans. L'orge sert à faire la bière. L'avoine nourrit le bétail.*
- *Les céréales font partie de la famille des graminées. Il y en a 700 espèces. Leur grain dur, soudé à leur enveloppe, a pour nom le « caryopse ».*
- *Il existe 20 000 espèces de légumineuses (haricot, pois, soja, lentille...). Le fruit de ces plantes forme une gousse.*

Pourquoi le tournesol a-t-il la bougeotte ?

Si tu observes un tournesol un matin d'été, tu remarqueras qu'il bouge. Sa grande corolle suit le soleil dans le ciel pour que ses graines profitent bien des rayons et se gorgent d'huile. Quand septembre vient, le tournesol se penche comme un bossu. Ce sont ses graines, devenues lourdes, qui l'entraînent vers le bas. Dès qu'elles sont mûres, le tournesol s'écrase par terre : il a tout donné pour ses graines et il meurt d'épuisement.

Comment le blé s'est-il déshabillé au fil du temps ?

Quand l'homme a commencé à cultiver le blé, il poussait le long de grandes tiges et ses graines, coincées dans les épis, étaient difficiles à extraire. Elles étaient vêtues d'une enveloppe, « la balle », très dure à enlever. On battait le blé pour qu'il saute hors de sa balle, c'était très fatigant. Un jour, on a eu l'idée de marier le blé avec une autre céréale : l'épeautre. Et on a obtenu le froment, un blé aux grains sans balle, tout nus, et aux tiges courtes, faciles à faucher.
Aujourd'hui, on utilise toujours le blé primitif pour faire des pâtes (les pâtes au blé dur). Le froment est réservé au pain et aux gâteaux.

Pourquoi la vanille a-t-elle toujours besoin d'un p'tit coup de main ?

La vanille fait des bébés toute seule : c'est son propre pollen qui féconde le pistil de sa fleur. Oui, mais pour cela, elle a besoin de l'aide du colibri qui, en venant la butiner, relève la lamelle qui sépare le pistil des étamines chargées de pollen. Ce colibri

Le tournesol est une très grosse marguerite à pétales jaunes toujours tournés vers le soleil et dont les graines, récoltées à la machine, donnent une huile comestible.

vit dans la jungle tropicale. Longtemps les hommes ont essayé de cultiver la vanille loin de la jungle et du colibri, mais sans succès. Jusqu'au jour où un esclave découvrit qu'une baguette de bambou, maniée avec adresse, pouvait remplacer l'oiseau. Depuis, la vanille est cultivée loin de la jungle, mais elle reste, à cause de ce p'tit coup de main, un produit rare et cher.

Pourquoi l'endive a-t-elle mauvaise mine ?

Dans la nature, les endives sont bien vertes. Mais elles sont très amères. Pour les rendre mangeables, les maraîchers coupent les endives au ras du sol, puis les laissent repousser dans l'obscurité.

Privées de soleil, elles ne « bronzent » pas et prennent un teint de cachet d'aspirine. Grâce à cela, elles sont moins amères et ont même un petit goût de noisette.

INCROYABLE !

● Une poignée de cacahuètes est plus riche en protéines, vitamines et sels minéraux qu'un bifteck de même poids !

Le jardin

- *Le jardin rassemble les fleurs qui nous sont les plus familières. Venues des quatre coins du monde, elles ont été cultivées pour leur beauté.*
- *Les tulipes viennent de Turquie. Elles font partie de la famille des liliacées, comme le lis, la jacinthe, le muguet, l'ail, l'oignon et l'échalote.*
- *La marguerite appartient à la famille des composées, comme la pâquerette, le bleuet, le chrysanthème, originaire du Japon, et le dahlia du Mexique.*

Pourquoi le cyclamen fait-il la révérence ?

En automne, la tige du cyclamen s'enroule doucement sur elle-même et se courbe vers le sol : ce n'est pas pour saluer le jardinier, mais pour planter ses graines. Quand la fleur du cyclamen fane, son fruit reste attaché au bout de la tige. Celle-ci, en s'enroulant, pose le fruit au sol et, en une dernière contorsion, l'enfonce complètement sous terre.

Pourquoi le chrysanthème est-il la fleur des cimetières ?

Parce que le chrysanthème fleurit en octobre, juste avant la Toussaint. Cette drôle de fleur d'hiver déteste la lumière. Elle aime les jours courts et les nuits qui tombent vite. D'ailleurs, les

chrysanthèmes ne fleurissent jamais à l'intérieur des maisons à cause de l'éclairage des lampes, qui les importune.

Pourquoi les mauvaises herbes poussent-elles sur la terre fraîchement bêchée ?

Il suffit de retourner et de ratisser un nouveau coin de terre dans le jardin pour voir apparaître plein de mauvaises herbes. Pas bêtes, les coquines ! Elles adoptent le même cycle de vie que les plantes cultivées

Les tulipes et les primevères apparaissent dès les premiers jours du printemps.

qui les entourent. Leurs graines, enfouies dans le sol, attendent pour germer que le jardinier vienne leur faire un petit nid douillet.

Pourquoi la violette fait-elle la discrète ?

La violette fleurit deux fois : d'abord au printemps, avec de jolies clochettes éclatantes et parfumées, ensuite en été, mais là, on ne s'en aperçoit pas. Ses fleurs d'été sont minuscules et pâles. Elles ne sentent rien et ne s'ouvrent même pas. Elles se pollinisent toutes seules, à l'intérieur, avec leur propre pollen. Comme ça, la violette est sûre de faire des petits. Si ça ne marche pas au printemps, ça marchera de toute façon en été : deux fois valent mieux qu'une !

Pourquoi la primevère est-elle si précoce ?

C'est une fleur très longue dont on ne voit que la surface. En réalité, elle s'enfonce comme un tube sous le sol, où ses graines sont cachées, bien au chaud.

Le perce-neige, qui fleurit dès mars en montagne, la jonquille en avril, le crocus et les colchiques en automne, ont le même truc : ainsi leurs graines peuvent mûrir avant ou après toutes les autres et ne craignent pas le froid.

INCROYABLE !

- La fleur du magnolia, qui vient d'Asie, serait la plus vieille du monde. On en a retrouvé des fossiles datant de 5 millions d'années.

La prairie

- *La prairie est le royaume des fleurs sauvages et des herbes. Plus résistantes que les fleurs de jardin, certaines d'entre elles ont développé de tels tours de force pour survivre qu'on les considère comme des plantes nuisibles.*

- *Les gros bouquets de fleurs blanches si communes dans les champs sont des ombellifères (« umbella » signifie « parasol »). Parmi elles, on trouve le cumin des prés et la ciguë, qui est mortelle et peut être confondue avec le persil.*
- *Les graines de la patience peuvent attendre 80 ans dans le sol avant de germer, d'où son nom.*

Pourquoi l'herbe repousse-t-elle quand elle se fait brouter ?

L'herbe, c'est un peu comme les cheveux : elle ne pousse pas par l'extrémité des feuilles, comme les autres plantes, mais par la base, au ras du sol. Cela ne la gêne donc pas du tout qu'on la coupe, qu'on la broute ou qu'on la tonde. Et si on la coupe vraiment trop court, elle a plein de bourgeons souterrains qui n'attendent qu'un signal pour germer !

Pourquoi le baiser de la cuscute est-il mortel ?

La tige de la cuscute ressemble à un petit filament rose, très souple, comme un fil de chewing-gum. Quand elle émerge de terre, elle se met à onduler en l'air comme une hélice. Au bout d'un certain temps, elle réussit à agripper une plante et sa tige se détache alors du sol pour venir enlacer la malheureuse. La cuscute aspire la sève de

sa victime et finit par la recouvrir entièrement comme un filet. On la surnomme « cheveu du diable ». C'est la terreur des prairies.

Pourquoi le mouron des champs est-il « le miroir du temps » ?

Quand la journée s'annonce belle, le mouron ouvre toutes grandes ses fleurs rouges ou bleues. Si le temps est couvert, il les cache à moitié sous ses feuilles, d'où elles pointent le nez à la moindre éclaircie. Quand il fait mauvais, il les garde fermées.

Cuscute s'enroulant autour d'une ombellifère.

Pour prévoir le temps, le mouron est aussi efficace que la grenouille, qui se met à coasser quand il pleut.

Attention ! le mouron ne se touche qu'avec les yeux : c'est un poison ! Le mouron produit 500 000 graines par 100 m² de prairie. Il est si envahissant qu'on le considère comme une mauvaise herbe.

Pourquoi les prés pondent-ils des œufs ?

Après un orage, d'énormes boules blanchâtres de plus de 50 cm de diamètre, toutes gonflées, apparaissent parfois dans les prés. Ce ne sont pas des vaisseaux d'extraterrestres, mais des champignons : les vesses-de-loup géantes. À maturité, elles explosent et projettent aux alentours un nuage de 10 000 milliards de spores, qui sont des sortes de petites graines. Malgré cela – et heureusement –, les vesses-de-loup sont plutôt rares.

Pourquoi le pâturin des prés joue-t-il à cache-cache ?

Les jolies fleurs violettes du pâturin ont un étrange pouvoir : celui de disparaître d'un seul coup. Il suffit qu'un nuage vienne masquer le soleil, que le vent se lève et fasse chuter la température, et les fleurs se ferment en un clin d'œil. Elles sont alors si minuscules qu'elles sont invisibles. Les jours où le temps est trop changeant, le pâturin, prudent, ne s'ouvre pas du tout : une averse soudaine abîmerait ses fleurs.

INCROYABLE !

- Les fleurs du coquelicot ne vivent qu'un jour mais produisent chacune 2,5 millions de grains de pollen : c'est ce qui les rend si poisseuses.

La forêt

- *La forêt est un univers impitoyable. Toutes les plantes doivent y lutter pour avoir accès à l'espace et à la lumière. Peu d'espèces y vivent ;*

Les forêts des climats tempérés sont surtout composées de grands arbres, feuillus ou conifères, comme le hêtre, le chêne ou le sapin. Il y a, au ras du sol, de petites fleurs et des arbustes de sous-bois, comme la primevère, la jacinthe, l'églantier...

- *Le hêtre est l'arbre le plus représenté dans les forêts d'Europe.*
- *1 million de jeunes arbres environ naissent par hectare de forêt. Il n'en restera, à l'âge adulte, que 100.*

Comment le hêtre grandit-il malgré ses petites racines ?

Le hêtre est un géant aux pieds d'argile : ses racines sont très courtes. Ça ne le gêne pas, car il a un copain : un champignon. Les filaments de ce champignon s'installent sur ses racines et poussent autour dans la terre. Ils pompent l'eau et les sels minéraux du sol et les rapportent vers le hêtre. Ils peuvent aller chercher la nourriture à de très grandes distances. Ils sont un peu comme des chiens fidèles qui rabattent le gibier pour le chasseur.

Pourquoi les arbres font-ils la course ?

Dans la forêt, il y a une loi : c'est le plus grand qui gagne. Dès qu'un arbre grandit un peu moins vite que ses voisins, il se retrouve dans l'ombre de leur feuillage et il dépérit. C'est pour ça que les arbres des forêts n'ont pas l'allure de ceux qui poussent en rase campagne, aux branches basses et larges où l'on peut monter et construire des cabanes. Les arbres des forêts ont le tronc nu, élancé vers le ciel, et des branches réunies à la cime en forme de triangle renversé. C'est la coupe « forestière ».

Pourquoi les feuilles du petit-houx ont-elles des boutons ?

Ce ne sont pas des boutons, mais des fruits. Ce ne sont pas non plus des feuilles,

mais des tiges. Le petit-houx est un buisson toujours vert qui vit dans les sous-bois. Sur ses tiges poussent des boursouflures ovales, les cladoles, et sur ces fausses feuilles pointent des sortes de petits clous de girofle de 5 mm : ce sont ses fleurs. Elles se transforment en un fruit rouge comme une cerise, qu'on utilisait pendant la guerre pour remplacer le café.

Les forestiers suppriment des arbres pour que les autres puissent se développer.

Pourquoi la jacinthe des bois fleurit-elle si tôt dans l'année ?

Elle se dépêche avant que les hêtres se garnissent de feuilles et lui bouchent toute la lumière. La jacinthe adore le soleil. Elle s'est organisée avec les arbres pour le partager. Elle fleurit en avril et mai, tandis que les hêtres font leurs feuilles très tard et ne s'habillent pas avant la fin mai. Ainsi, tout le monde est content.

Pourquoi les châtaigniers brillent-ils avant de mourir ?

À cause de l'armillaire couleur miel. Ce champignon à la couleur blonde pénètre sous l'écorce des châtaigniers et les dévore de l'intérieur. Il se répand dans le bois en lanières de plusieurs mètres de long qui au contact de l'air, deviennent phosphorescentes. Dans la forêt obscure de la fin de l'automne, le pied de certains arbres brille comme un lampion. Ces arbres ne verront pas le prochain printemps.

INCROYABLE !

- 32 % des terres de la planète sont recouvertes de forêts. Mais certaines d'entre elles sont menacées de disparaître à cause d'un abattage massif des arbres.

Les plantes aquatiques

- *L'eau est le milieu d'origine des plantes. Au cours de leur évolution, elles ont quitté l'océan pour prendre pied sur la terre, mais certaines sont ensuite retournées au berceau aquatique. Roseaux, nénuphars, palétuviers... tous ont trouvé, dans l'eau douce des étangs ou la mangrove salée, le moyen de survivre et de prospérer.*

- *La mangrove est un marécage salé situé au bord des mers tropicales.*
- *Le papyrus est une sorte de roseau qu'on utilisait dans l'Antiquité pour fabriquer des tapis, des sandales et une sorte de « papier ».*

Comment le nénuphar victoria appâte-t-il les hannetons ?

Le nénuphar fleurit en fin d'après-midi. Sa fleur blanche exhale un parfum d'ananas qui attire les hannetons gloutons en quête de pollen. Mais la fleur, qui ne tient pas à ce que sa semence soit dévorée, est alors vide et se referme sur ses visiteurs, pris au piège. Elle ne se rouvre que le lendemain soir, devenue rose et inodore, mais gorgée de pollen. Les hannetons, paniqués, ne pensent qu'à sortir et plus du tout à manger. Dans leur hâte, ils piétinent la fleur en se chargeant de son pollen. Puis, oubliant leur mésaventure et se rappelant leur faim, ils se précipitent dans une autre fleur blanche et parfumée...

Comment les plantes flottent-elles sans couler ?

Elles sont plus légères que l'eau, car leurs tissus sont percés de petites cavités emplies d'air, qui jouent le rôle de bouées. Le nénuphar a une autre stratégie. Au début, ses feuilles sont enroulées sous l'eau comme de gros cigares. Puis elles se déploient et remontent à la surface pour faire la planche. La peau de cette plante est coriace et dure comme du cuir ; elle repousse l'eau, qui glisse dessus sans s'y accumuler.

Pourquoi la jacinthe d'eau est-elle un fléau ?

Parce que cette délicate fleur bleue qui décore si joliment les bassins est un véritable envahisseur. En une saison, un pied peut donner plus de 65 000 nouvelles plantes ! En Asie, en Afrique et en

Quelques plantes des étangs : 1. massette - 2. populage - 3. joncs fleuris - 4. joncs - 5. iris des marais - 6. roseaux - 7. nénuphars.

Amérique, elle étouffe la flore des lacs et des rivières qu'elle colonise et provoque la mort des poissons et des canards. Elle coince les hélices des bateaux et empêche la navigation. La jacinthe d'eau résiste même aux produits toxiques en les assimilant ! Qu'à cela ne tienne, on l'utilise à présent pour purifier l'eau !

Comment le palétuvier, cet arbre qui vit avec ses racines dans l'eau de mer, se reproduit-il ?

Pas de panique ! il produit au bout de ses branches, des « bébés plantes » qui se détacheront pour aller se planter dans la vase dès qu'ils seront assez grands.

Pourquoi le cyprès chauve a-t-il des racines bossues ?

Ce cyprès vit dans les marais bourbeux du Mississippi. C'est un milieu humide et malsain, où il y a très peu d'oxygène dans l'eau. Pour respirer, les racines du cyprès portent donc d'énormes boursouflures de plus de 1 m de haut qui émergent à la surface et l'aident à respirer à l'air libre. Ces bosses très laides s'appellent des « pneumatophores ».

INCROYABLE !

- Les feuilles du nénuphar victoria, d'Amazonie, mesurent parfois plus de 2 m de diamètre. Elles peuvent soutenir le poids d'un nouveau-né.

Les plantes de montagne

• Les plantes ont la vie dure en montagne à cause du froid intense, des vents violents et du soleil impitoyable. L'air pur de la montagne accentue le rayonnement solaire et favorise de gros écarts de température entre le jour et la nuit. Ce sont les fleurs les plus petites et les plus frêles qui poussent le plus haut.

• L'edelweiss, ou immortelle des neiges, appartient à la même famille que la marguerite. Il est né il y a 30 millions d'années.

Pourquoi les plantes de montagne rampent-elles sur le sol ?

Parce qu'elles n'arrivent pas à grandir. Le jour, il y a trop de lumière. Cela bloque la croissance de leur tige. La nuit, il fait bien trop froid. La tige ne grandit pas non plus. Par contre, les racines, bien au chaud sous terre, n'arrêtent pas de s'allonger. Elles peuvent mesurer plusieurs mètres. Ainsi, les plantes, couchées contre le sol mais solidement ancrées, peuvent affronter le vent sans ciller et, blotties les unes contre les autres, elles se tiennent bien chaud.

Comment ces plantes résistent-elles au gel ?

Les tissus des plantes de montagne ne sont pas faits comme ceux des plantes de plaine. Ils sont composés de petites cellules aux parois épaisses qui résistent à l'alternance du gel et du dégel sans se déformer. Pleins de sel et pauvres en eau, ils ne congèlent pas à 0 °C, mais à une température bien plus basse.

Pourquoi les bergers accrochent-ils une carline à la porte des bergeries ?

Dès que l'air devient humide, la carline replie ses feuilles sur sa grande fleur jaune, jusqu'à la recouvrir complètement. Elle ne se laisse jamais surprendre par l'averse. Les bergers l'utilisent comme baromètre. Il leur suffit de la regarder pour savoir que l'orage menace.

Pourquoi les fleurs de montagne sont-elles si colorées ?

Bleu, jaune, violet, rouge... l'été est court en montagne et les fleurs doivent se

dépêcher d'attirer les insectes. Elles abusent donc un peu du maquillage... En plus, ces couleurs vives leur permettent de mieux capter le soleil. Le bleu et le violet absorbent la chaleur tout en arrêtant les rayons ultraviolets du soleil, qui sont les plus dangereux – ce sont eux qui nous donnent des coups de soleil.

pourquoi la fleur de la gentiane a-t-elle une forme de parabole ?

C'est pour mieux faire converger les rayons du soleil au centre de la fleur, là où se trouvent les graines en train de mûrir. La rose de Noël a le même système et il fait souvent 20 °C de plus dans la fleur qu'au-dehors. C'est un vrai four !

pourquoi la campanule est-elle barbue ?

La campanule barbue sert de refuge aux insectes :

la nuit ou quand le temps se couvre, ils viennent s'abriter dans ses petites fleurs en forme de clochettes, couvertes de longs poils blancs, comme une barbe. Elle n'a plus qu'à les refermer et à les regrouper toutes ensemble pour ressembler à une boule de poils pelotonnée, emplie d'insectes bienheureux.

INCROYABLE !

- La saussurée du Népal, une petite fleur compacte et couverte de poils, pousse à plus de 6 000 m d'altitude, dans l'Himalaya.

La garrigue

- La garrigue est le paysage typique des bords de la Méditerranée. On la retrouve aussi en Californie, en Afrique du Sud et sur les côtes australiennes.
- Les hivers y sont doux et brefs, les étés chauds et secs. Seules certaines plantes, habituées au manque d'eau, y poussent. Ce sont des arbres à feuilles persistantes (elles ne tombent pas à l'automne), comme l'olivier, le chêne vert, le chêne-liège, les conifères, et des plantes

basses, regroupées en buissons et qui sentent bon, comme le thym, le romarin, le myrte, le ciste, la lavande...

Comment l'olivier résiste-t-il à la sécheresse ?

Comme beaucoup d'arbres de la garrigue, l'olivier a des feuilles toutes petites et coriaces. Elles sont recouvertes d'une couche de cire qui empêche l'arbre de transpirer. Ainsi, il perd moins d'eau et survit en été. De plus, elles sont vert foncé sur le dessus pour arrêter les mauvais rayons du soleil ; au-dessous, elles sont blanches et couvertes de petits poils doux qui forment comme un manteau contre la chaleur.

Comment est née la garrigue ?

Le pourtour de la mer Méditerranée est une des régions les plus anciennement peuplées de la Terre. Au fil des siècles, les hommes y ont défriché les forêts pour y installer leurs champs et cultivé la terre jusqu'à l'épuiser.
Les incendies, la sécheresse, le mistral violent et la dent vorace des moutons et des chèvres ont fait le reste.

Comment les pins supportent-ils le manque d'eau ?

Malins, les pins ont deux types de racines : les longues courent à la surface du sol pour recueillir la moindre goutte de pluie, les profondes s'enfoncent en pivotant jusqu'aux nappes phréatiques, où la terre stocke l'eau.

Les troncs de nombreux arbres de la garrigue sont recouverts de liège, une matière semblable à l'éponge qui les rafraîchit et les protège.

Pourquoi l'euphorbe perd-elle ses feuilles au printemps ?

Elle préfère hiberner pendant l'été pour ne pas souffrir de la sécheresse. En automne et en hiver, elle est couverte de feuilles. En été, elle n'est plus qu'une boule de branches épineuses insensible à la chaleur... et très décourageante pour les moutons !

Comment la fraxinelle allume-t-elle le feu ?

La garrigue, ça sent bon. Pour réveiller les insectes un peu endormis par la chaleur, les plantes sont imprégnées de parfums entêtants. La fraxinelle en met même un peu trop. Tout chez elle est imbibé de parfum : les feuilles, les fleurs et les tiges. Mais attention ! le parfum est une essence. Il suffit d'approcher une allumette de la fraxinelle pour que l'air autour d'elle prenne feu. La fraxinelle adore ça, car elle ne risque rien : elle ne brûle pas.

Pourquoi les feuilles du laurier-rose sont-elles poilues en dessous ?

Pour couvrir les petits trous du dessous des feuilles par où la plante respire et transpire. Ces pores, au lieu d'être à la surface de la feuille, sont enfoncés dans de minuscules cryptes tapissées de poils où l'air est refroidi et gardé bien humide. Le laurier-rose a inventé l'air climatisé !

INCROYABLE !

- Le mot « garrigue » a la même origine que le mot « loup-garou » : le « garou » est le surnom du daphné, un petit arbuste proche du laurier-rose, dont les fruits servaient d'appât pour capturer les loups.

La savane

- *En espagnol, savane se dit « sabana » et signifie « plaine inculte ».*
- *La savane s'étend en Afrique et en Amérique, au nord et au sud des tropiques. Sa végétation est composée d'herbe jaune, d'arbustes clairsemés, d'acacias et de baobabs.*
- *La savane connaît deux saisons : une saison des pluies, où tout fleurit, et une interminable saison sèche de 9 mois, où tout dépérit.*
- *Le baobab appelé « arbre bouteille » est le symbole de la savane. Il peut vivre 1 000 ans ; certains ont, paraît-il, 5 000 ans.*

Comment le baobab fait-il pour survivre à la sécheresse ?

Il se remplit d'eau. Le baobab a le tronc mou comme une éponge. Pendant la saison des pluies, il va chercher le maximum d'eau profondément sous terre avec sa longue racine pivotante, et il la stocke dans

son tronc. Celui-ci se met à gonfler, gonfler : il peut s'élargir jusqu'à atteindre 9 m de diamètre.

Pourquoi l'acacia survit-il sans feuilles ?

L'acacia perd ses feuilles à la saison des pluies. Mais même dépouillé, il peut continuer à effectuer la photosynthèse et à vivre normalement grâce à ses épines, qui sont vertes. Durant la saison sèche, l'acacia garde ses feuilles. Il les oriente dans la direction opposée au soleil pour moins souffrir de la chaleur. Sa silhouette en parasol est très reconnaissable dans la savane.

La savane africaine est l'habitat de nombreux mammifères herbivores, comme les gazelles, les zèbres et les girafes.

ourquoi appelle-t-on a grande herbe de a savane « herbe à éléphant » ?

Parce qu'elle est haute de 5 m : bien plus grande que on papa et ta maman réunis, uste à la hauteur des flancs de l'éléphant. C'est une erbe à la tige rigide et coupante : pas étonnant que les éléphants aient a peau si dure !

Pourquoi ne faut-il pas s'approcher du mancenillier ?

Le contact de ses fruits, de ses feuilles, de ses tiges et surtout de son écorce provoque aussitôt des malaises qui peuvent entraîner la mort.
En Amérique centrale, où il pousse, les Indiens l'appellent « l'arbre de mort ». Autrefois, on ligotait les condamnés tout nus à son tronc et ils mouraient en 24 heures.

Pourquoi le ravenala est-il surnommé « arbre du voyageur » ?

Cet arbre de Madagascar a des feuilles de 3 à 4 m de long en forme de lances. Elles sont disposées en bouquets et s'emboîtent à la base les unes dans les autres, formant une sorte de coupe où s'accumule la pluie ou la rosée. Ainsi, dans la savane désertique, le voyageur épuisé est enchanté de rencontrer un ravenala : il peut se désaltérer à l'eau toujours fraîche puisée dans ses feuilles et dévorer ses fruits délicieux.

INCROYABLE !

- On ne voit jamais fleurir le baobab, car ses fleurs n'éclosent qu'à la tombée de la nuit et fanent le lendemain matin.

Les plantes du désert

Le désert, au sens strict, est un lieu dépourvu de vie. La sécheresse peut y durer plusieurs années et, quand il pleut, l'eau s'enfonce très vite dans le sable et disparaît dans des nappes profondes.

Pourtant, certaines plantes se sont adaptées à ces conditions et ont adopté deux stratégies très particulières.
Soit elles se tassent en boules sur le sol pour conserver leur humidité.
Soit elles se recouvrent d'une peau épaisse et rigide ou d'épines, comme les plantes succulentes, qui ont une sève spéciale capable de retenir l'eau.

Pourquoi les cactus résistent-ils à la soif ?

Ce sont de véritables citernes : les Mexicains coupent les cactus pour se désaltérer dans le désert.

Dès que la pluie tombe, le cactus récupère toute l'eau avant qu'elle ne s'enfonce dans le sable, grâce à ses racines innombrables qui courent au ras du sol. Puis il la stocke dans sa grande tige. As-tu remarqué que la tige des cactus a des plis comme un accordéon ? Le cactus écarte ses plis quand il se gonfle d'eau et, au fur et à mesure qu'il la boit, il les resserre.

Pourquoi plante qui roule peut-elle amasser mousse ?

Si tu as déjà regardé un western, tu connais bien l'amarante, une fameuse plante du Far West.
Elle ressemble à une boule de foin et se balade au gré du vent, en rebondissant par terre. Quand elle est petite, l'amarante est verte et fixée au sol. À l'âge de 1 an, elle se dessèche, se roule en boule et se détache. Elle commence alors à voyager dans le désert. Au hasard du chemin, elle rencontre d'autres amarantes avec lesquelles elle s'agglutine. Puis elle produit des fruits qu'elle sème sur son passage.

Tant et si bien que l'amarante est devenue envahissante. Elle a conquis tout le Mexique et elle est remontée jusqu'au Canada.
On l'appelle la « mauvaise herbe qui roule ».

Dans le désert du Nouveau-Mexique, les lynx aiment grimper en haut des saguaros.

pourquoi le lithops se déguise-t-il en caillou ?

Pour échapper à l'appétit des antilopes et des buffles, souvent affamés dans le désert. Le lithops pousse au milieu des pierres et rien ne peut l'en distinguer. Il est gris, rond et plat comme un galet. Pas de feuilles, pas de tige, seule sa fleur jaune, qui ressemble au pissenlit, le trahit parfois. Elle ne reste ouverte qu'un après-midi, le temps d'attirer les insectes.

pourquoi les cactus ont-ils des épines ?

Les feuilles, c'est beaucoup d'embêtements pour une plante. Ça gaspille l'eau en transpirant, c'est fragile et ça prend vite froid, surtout dans le désert, où il gèle la nuit. Et en plus, ça attire les antilopes en quête de casse-croûte... Avec des épines, les cactus sont tranquilles !

pourquoi certains cactus se laissent-ils pousser les cheveux ?

Cela leur permet de ne pas avoir trop chaud. Rien de tel qu'une longue chevelure argentée pour réfléchir les rayons du soleil. En Afrique, les Bédouins, drapés dans leurs grandes djellabas blanches, le savent bien.

INCROYABLE !

- Le plus grand des cactus est le saguaro. Ce candélabre géant du désert du Mexique, peut s'élever à plus de 20 m.
- Les cactus ne poussent naturellement qu'en Amérique et aux Caraïbes.

Comment l'haworthia peut-elle survivre enterrée ?

Quand la pluie se fait trop attendre, l'haworthia, une plante grasse qui vit dans le désert d'Afrique du Sud, disparaît. Ses longues racines se contractent et l'aspirent sous le sol. Seul le bout de ses grosses tiges apparaît au ras du sable. Couvertes de petits cristaux, elles forment comme un petit toit d'aluminium qui capte le soleil et l'aide à faire sa photosynthèse. À l'abri du soleil brûlant et des animaux, l'haworthia réapparaîtra à la première averse.

Pourquoi les euphorbes sont-elles des tricheuses ?

En Afrique, pousse une euphorbe qui ressemble à s'y méprendre au cactus candélabre du Mexique, le saguaro. Elle en a la longue tige cannelée, les épines et la chair gorgée d'eau. Mais cette euphorbe a beau tricher, ce n'est pas un cactus : ses fleurs sont moins belles, minuscules et sans charme. Elles n'ont même pas de pétales. Au bout de chaque tige, une fleur femelle et plusieurs fleurs mâles se débrouillent entre elles pour faire des petits.

Pourquoi le welwitschia ne perd-il jamais ses feuilles ?

Parce qu'il n'en a que deux ! Le welwitschia est une des plantes les plus étranges du monde. Il se compose d'une tige très courte qui sort à peine de terre, et de deux feuilles qui ne cessent de pousser pendant toute la vie de la plante – le welwitschia peut vivre 2 000 ans ! Ses feuilles finissent par être démesurées. Heureusement, le vent les déchire et les effrite un petit peu aux extrémités.

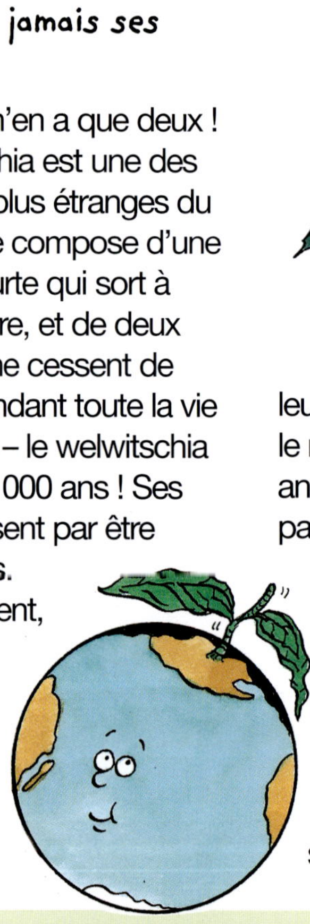

Pourquoi les agaves imitent-ils le bruit du canon ?

Les agaves ne fleurissent qu'une fois : après plusieurs dizaines d'années ils produisent une immense tige couverte de fleurs et meurent tout de suite après d'épuisement. Pour que les colibris, qui butinent

leurs fleurs, ne ratent pas le rendez-vous, ils annoncent l'événement par un retentissant coup de canon. Au Mexique, on fait de l'alcool avec l'agave : le mezcal. Pour lui donner du goût, on glisse dans la bouteille une larve vivante qu'on trouve sur le cactus !

Un welwitschia.

Pourquoi le tillandsia vit-il sur les fils électriques ?

Il adore être perché. Alors, soit il s'accroche aux cactus géants, soit il monte aux fils électriques. Pour se suspendre, comme il n'a ni tige ni racines, il tord ses feuilles et les enroule autour des fils. Le tillandsia vit d'air et d'eau fraîche. Le duvet grisâtre qui le recouvre piège les gouttes de rosée et les petites particules qui flottent dans l'air. Il lui faut peu de chose pour être heureux.

Comment le porte-couteaux fait-il du désert un tapis d'épines ?

Ce cactus mexicain ne se dresse pas en l'air, mais rampe sur le sol. Ses tiges ressemblent à de gros tubes couverts d'épines qui s'allongent dans tous les sens. Elles contournent les rochers, grimpent les pentes et enjambent les autres porte-couteaux jusqu'à former un enchevêtrement de piquants acérés. Mais le porte-couteaux est en voie d'extinction. Il recule devant les travaux d'irrigation qu'ont entrepris les Mexicains dans le désert, car son seul ennemi, c'est l'eau.

INCROYABLE !

- Le cardère est le plus volumineux des cactus. À la fin de sa vie, vers 300 ans, il peut stocker jusqu'à 10 tonnes d'eau.

La jungle

- *De part et d'autre de l'équateur s'étend une région aux pluies abondantes, où la température ne descend jamais au-dessous de 18 °C. C'est le royaume de la forêt tropicale, dont les arbres gigantesques culminent à plus de 50 m, fouillis inextricable de lianes, de fougères et de fleurs merveilleuses.*
- *La forêt amazonienne couvre 7 millions de km². Elle produit 40 % de l'oxygène de notre atmosphère.*
- *La jungle est la plus ancienne des formations végétales de la planète.*

Comment meurent les arbres de la jungle ?

Souvent, ils se font étouffer par des plantes « étrangleuses » aux longues tiges meurtrières. Ils meurent dignement, en restant debout. Les racines des jeunes arbres poussent directement sur leur tronc et s'en nourrissent jusqu'à en faire de la bouillie. L'arbre finit alors par s'écrouler.

Pourquoi les lianes de la jungle pendent-elles souvent dans le vide ?

Ce sont de vieilles lianes. Les arbres auxquels elles se sont accrochées pour grandir sont morts et se sont effondrés. Elles restent toutes seules, à se balancer, et font la joie des singes et de Tarzan.

Pourquoi les arbres de la jungle n'ont-ils pas de cernes sur leur bois ?

Parce qu'il n'y a pas de saisons dans la jungle. Les arbres poussent en continu. Leur bois est tout lisse et sans marque. On l'utilise souvent pour faire de jolis meubles, comme par exemple celui de l'ébène ou du teck.

Comment poussent les lianes ?

Les lianes n'ont qu'un but dans la vie : bronzer au soleil. Pas de chance, elles germent au ras du sol, dans la plus totale obscurité ! Alors, elles commencent l'escalade : elles produisent de longues tiges souples qui s'enroulent au tronc des arbres, puis, au bout de leurs feuilles, de minces rubans qui tâtonnent dans le noir et s'agrippent à tout ce qui est dur et immobile. La liane ne s'arrête de grandir que quand elle a réussi à percer la voûte formée par le sommet des arbres. Elle peut enfin se reposer et fleurir.

Pourquoi l'ananas a-t-il des feuilles blanches ?

L'ananas est une plante originaire d'Amérique rapportée par Christophe Colomb. Ses feuilles lui servent à se nourrir. Raides et disposées en bouquet, elles recueillent l'eau de pluie. Elles sont couvertes de petites écailles blanches qui aspirent l'eau et qui, quand il fait sec, se plaquent contre les feuilles et les empêchent de transpirer et de faner.

Pourquoi les Japonais se réfugient-ils sous les bambous quand la terre tremble ?

Les bambous ont des racines si denses qu'elles stabilisent le sol. La terre ne se fissure pas là où ils poussent. Le bambou est un miracle de la nature : on peut manger ses pousses, en faire du papier, des tuyaux, des meubles, des paniers... On peut le brûler pour se chauffer. Enfin on peut en faire des échafaudages, car le bambou est trois fois plus résistant que l'acier.

INCROYABLE !

- Le bambou détient le record de croissance : il peut pousser de 1,20 m en 24 heures.
- 500 espèces d'arbres vivent en Amazonie.

La toundra

- *La toundra est le dernier grand ensemble végétal qui pousse dans le Nord, avant le désert du pôle. Elle forme une étendue verte interminable, aux plantes clairsemées.*
- *Elle est immense : elle couvre un anneau de 8 millions de km² autour du pôle, soit 6 % des terres de notre planète.*
- *L'hiver y est long et neigeux. Après la fonte des glaces, au cours de l'été (6 °C maximum), qui ne dure pas plus de 4 à 8 semaines, on y voit une extraordinaire éclosion de fleurs colorées.*
- *C'est la toundra qui a donné son nom au Groenland, le « pays vert ».*

Pourquoi le paysage de la toundra change-t-il en été ?

L'été y est si bref que les plantes ne doivent pas perdre de temps. Elles se parent de petites fleurs aux couleurs éclatantes – pourpres, bleues et or – afin d'alerter les insectes de loin. La toundra monotone prend alors l'allure d'un jardin.

Comment se forment les marécages de la toundra ?

Il ne pleut pas sur la toundra et pourtant il y a plein de marécages. C'est à cause de la fonte des glaces en été : toute l'eau libérée ne peut pas être absorbée par le sol gelé et reste donc en surface. Ces marais sont recouverts en été de fabuleuses quantités de moustiques. Quel paradis !

Pourquoi les prairies de la toundra sont-elles bossues ?

Au milieu de la prairie toute plate, une énorme bosse surgit de-ci de-là, comme un bouillon dans une soupe. Elle est remplie d'eau gelée, capturée à l'intérieur du sol. Ces bosses bizarres s'appellent des « pingos ». Quand le temps se réchauffe,

certaines années, elles fondent et se transforment en cuvettes d'eau.

Pourquoi, quand on marche dans la toundra, s'enfonce-t-on parfois comme dans des sables mouvants ?

L'eau des marécages fait pourrir la tige des plantes alors qu'elles sont encore vivantes et continuent de pousser. Cela transforme le sol en tourbe, une matière noire, molle comme l'éponge, qui s'enfonce sous notre poids. Avant, les Islandais

Dans la toundra, la végétation est tapie au sol pour ne pas se faire emporter par le vent, qui est très violent.

brûlaient la tourbe pour se chauffer. Mais il y avait beaucoup de fumée et pas beaucoup de chaleur. En plus, ça sentait mauvais. Vive le chauffage électrique !

Pourquoi n'y a-t-il pas d'arbres dans la toundra ?

Le sol du Grand Nord est gelé en permanence. On l'appelle d'ailleurs le permafrost. En été, la terre dégèle en surface. Les plantes ne disposent en fait que de 10 à 12 cm de profondeur pour enfoncer leurs racines. Les arbres ne pourraient donc jamais y tenir. Seuls quelques petits saules ou bouleaux nains poussent au sud de la toundra.

Pourquoi les feuilles mortes des lychnis ne tombent-elles pas ?

La plante les garde collées à elle pour se faire un manteau contre le froid. Les lychnis forment des tapis de petites fleurs roses au Groenland. Les fleurs poussent toujours du côté de la plante orienté vers le sud.

INCROYABLE !

- Dans l'Antarctique, 98 % du sol est recouvert de neige toute l'année. Il n'y pousse que deux espèces de plantes à fleurs.

Les vertus des plantes

- *Depuis des siècles, on récolte les plantes pour guérir les maladies. On a même cru longtemps trouver, par un mélange de plantes, le remède miracle capable de guérir toutes les maladies !*
- *Aujourd'hui, on fabrique des médicaments en reproduisant en laboratoire les substances contenues dans les plantes.*
- *La camomille ouvre l'appétit et fait tomber la fièvre.*

Comment le drosera guérit-il le rhume ?

Le drosera carnivore n'est pas vraiment sympathique. Couvert de petits poils rouges collants, il est gluant au toucher. Pourtant, un savant du Moyen Âge, Paracelse, se mit en tête que l'apparence de la plante

pouvait indiquer le mal qu'elle guérissait. Le drosera est gluant, donc il aide à soigner le nez qui coule. Bingo ! Depuis, on fabrique du sirop de drosera, très efficace contre le rhume.

Comment un petit champignon peut-il sauver des vies ?

Le *Penicillium* est un champignon blanc et minuscule, qui produit de petits filaments insignifiants. Il est méchant car il fabrique un poison pour éliminer ses voisins et ses concurrents. Mais c'est grâce à lui qu'aujourd'hui on ne meurt plus de la grippe.
En 1928, un noble anglais, sir Alexander Fleming, utilisa son poison et en fit le plus célèbre des médicaments, la pénicilline, qu'on retrouve dans tous les antibiotiques.

Pourquoi la pervenche de Madagascar est-elle si précieuse ?

Cette pervenche joue la coquette : elle est rose, et pas bleue comme chez nous, et a cinq délicats pétales. Mais on lui pardonne ses caprices. Les substances qu'elle fabrique permettent de lutter contre la plupart des cancers, et surtout contre le plus terrible d'entre eux, la leucémie.

Il faut éviter de toucher la rose de Noël, car elle peut provoquer des démangeaisons.

Comment la rose de Noël soigne-t-elle les fous ?

Depuis l'Antiquité, on sait que la rose de Noël, appelée plus sérieusement hellébore noir, calme les crises des malades mentaux. Mais il faut l'utiliser en très petites quantités. Car la substance qu'elle fabrique, l'hellborine, est aussi un poison qui arrête le cœur ou provoque la paralysie.

Pourquoi la mandragore fascine-t-elle les hommes ?

Longtemps, on a prêté à la mandragore tous les pouvoirs, même celui de rendre invisible. Pourtant, la plante est modeste, sans tige, avec de ridicules petites fleurs bleues. Mais sa racine, la plus étrange de toutes, a la forme d'un corps humain. Ses fruits brillent la nuit d'une lumière bleutée et, quand on la déterre, elle pousse un cri.
La mandragore n'a pas tous les pouvoirs : seulement celui de rendre amoureux et de faire dire la vérité. On l'utilise d'ailleurs pour fabriquer des sérums de vérité.

INCROYABLE !

- Le plus violent poison dans la nature est celui de l'aconit qui pousse partout en montagne : 4 g de sa racine fraîche, et c'est la mort.En Inde, on l'utilise pour chasser le buffle et l'éléphant.

L'avenir de la Terre

- *L'homme a su aménager la nature. Mais beaucoup se demandent aujourd'hui s'il n'est pas en train de la détruire. L'élimination des forêts et le rejet de produits dangereux dans l'air et les rivières risquent de poser de gros problèmes à l'avenir.*
- *Le gaz carbonique est responsable de l'effet de serre.*

Les hommes rejettent dans l'air 7 milliards de tonnes de gaz carbonique par an. Ce qui équivaut à 40 kg par être humain et par jour.

Pourquoi s'inquiéte-t-on du trou dans la couche d'ozone ?

Parce que l'ozone filtre les rayons ultraviolets – très dangereux – du Soleil. Si le trou s'agrandit et le nombre de rayons augmente, ils vont détruire le plancton des mers, dont se nourrissent les poissons, et bouleverser toute notre chaîne alimentaire. En plus, ils peuvent provoquer des maladies de la peau et des yeux. Il faut savoir que ce fameux trou, situé au-dessus de l'Antarctique, est aussi grand que les États-Unis. Et que d'autres petits trous se creusent à présent sur l'Arctique...

Comment fonctionne l'effet de serre ?

L'effet de serre est un phénomène naturel. Grâce à la vapeur d'eau et au gaz carbonique contenu dans l'air, l'atmosphère forme un couvercle au-dessus de la Terre et permet à la chaleur de ne pas s'échapper vers l'espace. Sans l'effet de serre, la température sur la planète serait de –18 °C et la vie serait impossible. Aujourd'hui, la quantité de gaz carbonique augmente et il fait de plus en plus chaud sur la Terre. Les savants prévoient que, dans 50 ans, la température se sera élevée de 4 °C. Il fera alors le même climat qu'à l'éocène, une période de la préhistoire où les bananiers poussaient en Alaska !

Pourquoi ne faut-il pas paniquer ?

Parce que les savants ne tiennent pas compte des nuages. S'il fait plus chaud, il fait aussi plus humide. Les nuages se multiplient, le ciel se couvre. Or, ciel couvert signifie moins de

Aspect de New York si une période de glaciation se produisait.

soleil, signifie pas tant de chaleur que ça ! Sans compter la neige qui risque de tomber sur les montagnes et les pôles en plus grande quantité.

Comment la pluie peut-elle être toxique ?

Des pluies acides tuent les arbres des forêts, intoxiquent les poissons des lacs et rongent les bâtiments des villes. Ce sont les gaz crachés par les voitures et les usines qui, en montant vers le ciel, chauffent sous les rayons du Soleil, se transforment en poisons et contaminent l'eau des nuages.

Pourquoi pourrait-on aussi se retrouver tous au pôle Nord ?

Depuis le début de l'histoire de la planète, des périodes de grand froid, les glaciations, alternent avec des périodes où il fait plus doux. Chaque glaciation dure 100 000 ans. Les périodes de réchauffement durent 10 000 ans. Ces hauts et ces bas sont dûs à l'oscillation de la Terre qui tourne comme une toupie et s'écarte régulièrement du Soleil. Cela fait exactement 10 000 ans que nous profitons d'une ère de redoux. Une nouvelle glaciation pourrait donc survenir.

INCROYABLE !

- Respirer à Mexico revient à fumer 40 cigarettes par jour.
- Les gaz des bombes aérosol agrandissent le trou dans la couche d'ozone.